KEITAI
SHOUSETSU
BUNKO
SINCE 2009

彼に殺されたあたしの体

西羽咲花月

○ STARTS
スターツ出版株式会社

カバーイラスト/みつきさなぎ

あたしは土の中で待っている。
真っ暗でジメジメとした土の中、
耳を澄まして待っている。

季節が巡る気配を感じる。
土の上を歩く音が聞こえる。
あたしの上に家が建つ音がする。

たくさんの季節が巡り、
たくさんの物語が土の上の世界で過ぎていって……。

それでもあたしは、ここで待っていた……。

contents

1章

見ている	8
思い出す	15
告白	21
後悔	30
連絡	39

2章

はじまりは	54
朝	68
夜の魔物	73
繰り返しの日々	83
過去のものたち	91
変化	100

3章

一軒家	106
憎しみ	112
過去の憎しみ	116
記憶が飛ぶ	135
幸せだったころのあたし	145
誕生日	150
見える子	153

蘇る	164
呪い	176
麻薬	185
家族	197
子ども	203
桜	210

最終章

動物	218
今ようやく	226

番外編

いなくなった日	234
知らないこと	237
どこにもいない	241
薄れていく	246
夢	250
月日	254
新居	257
再会	262

あとがき	266

1章

見ている

　あたしはその光景をジッと見ていた。

　外は小雨が降り注ぎ、サァサァと音を立てている。

　落ちた雨粒は乾いた土の地面へと吸収され、肌色の土は濃い茶色に変わっていく。

　水分を含んで重たくなっていく土を、あたしの彼氏がスコップで掘り起こす。

　ザクッザクッと、スコップの先端が土に突き刺さる音が雨音に混ざってあたしの耳まで届いてきた。

　あたしは自分の顔を動かすこともできず、その光景の一部始終を見ていた。

　彼の行動を止めることも、彼の意識を変えるために説得することもできず、ただただ、深くなっていく穴を見つめている。

　彼の掘っている穴が、なんのための穴なのか。

　なぜそんなに深く大きく掘らなければならないのか。

　あたしはすでに知っていた。

　あたしは冷たい土の上に寝かされたまま、雨に打たれていた。

　半透明なカッパを着ている彼とは違い、あたしは雨よけの道具を何も持っていない。

　手は冷たく、体の体温はどんどん奪われていく。

　このままでは体によくない。

そんなこと、誰でも理解できる状況にいた。
それでも、彼は一心不乱に穴を掘り続けている。
付き合っているとは思えない態度。
本当なら、彼女であるあたしは憤慨するべきシーンかもしれなかった。
でも、あたしはただ見ていた。
見ていることしかできなかった。
それは、あたしの胸に突き立てられたナイフが、つい先ほど、あたしの命を奪ったから。

それから1時間ほどたったとき、ようやく彼は穴を掘り終えてその中から姿を見せた。
ずいぶん深く掘り進めたらしく、彼の顔は土やホコリで黒く汚れていた。
しかし、彼の仕事はまだ終わりではなかった。
むしろ、これからが本番といったところ。
だけど穴から這い出てきた彼はすでに疲れ果てている様子で、その歩き方はまるで生まれたての小鹿のようにおぼつかなかった。
その様子はすごく滑稽で、思わず笑い出しそうになる。
でも、笑うことはできなかった。
あたしはもう死んでいるのだから、顔はもちろん全身の筋肉が動くはずもない。
体育会系ではない彼は、力仕事がひどく苦手なのだ。
案の定、穴から出てきたはいいが、すぐに次の行動を起

こせず、あたしの隣に腰を下ろした彼。

　雨はさっきよりも大粒になり、今ではザァザァと耳障りな音を立てはじめている。

　すぐ近くにいる彼に、あたしは幸せだった日々を思い出す。

　彼は決してモテるタイプの人ではないけれど、とても優しい人だった。

　つねに大きな腕で包んでくれて、あたしが間違った道へ進みそうになるとしっかり怒ってくれる。

　そんな、大人な人だった。

　思い出すと胸の奥がジンッと熱を帯びた。

　そのときだった。

　彼が「ふぅ」と、息を吐きながら立ち上がった。

　少しは体力が回復したみたいだ。

　立ち上がった彼はあたしを見下ろした。

　その顔はひどく歪んでいて、悲しんでいるのか、怒っているのか、困っているのか……彼女のあたしでも理解できなかった。

　そんな顔を見せたあと、彼はかがみ込んであたしの体をお姫様抱っこのように抱き上げた。

　あぁ。

　何度こうして抱っこされ、ベッドまで運ばれただろう。

　あたしはこうして抱き上げられるたびに彼の首へ腕を回し、落ちないように掴まっていたっけ。

『重たいよね？』

そう聞くあたし。
『軽いよ』
　そう答える彼。
　そんな会話を何度交わしたことだろう。
　そして彼は、あたしを抱っこしたままキスをすると、
『俺のお姫様』
　と言って、とてもうれしそうにほほ笑んでくれる。
　今日も、そんなシチュエーションならどれほどよかっただろうか。
　命をなくし、がらんどうになったあたしの体は、彼の腕に抱かれてもダラリと垂れ下がることしかできなかった。
　それは彼にとってとても重たいものらしく、3〜4歩ほど進んだところで、あたしの体は乱暴に土の上へと投げ落とされた。
　下は柔らかな土だったけれど、落下したときにあたしの右手は自分の体の下敷きになった。
　瞬間、ゴキッという音が体内を通じて聞こえてくる。
　痛みはない。
　でも、右手首が妙な角度へ曲がってしまったことが理解できた。
　どうやら折れてしまったようだ。
　そういえば刺されたときは痛みがあったっけ……。
　不意に、数時間前のことを思い出す。
　痛みと意識は徐々に薄れていくものだと思っていたけれど、それは違った。

時間がたつにつれて痛みは消えていったけれど、あたしの意識はしっかりしていた。

　それを証拠に、あたしは自分の心臓が止まるのがわかった。

　トクントクンと定期的に動いていた心臓は徐々に活動を弱めていき、最後にドクンッと大きく跳ねて停止したのだ。

　それなのに、あたしはまだ生きていた。

　死んだのは体だけで、意識はまだここに存在していた。

　だからあたしは、今、あたしを見下ろしながら「チッ」と小さく舌打ちする彼を見ることができているのだ。

　あぁ。

　あたし、今、迷惑をかけているんだ。

　そうわかると、なんだか少しだけ胸が痛んだ。

　すでに体の痛みは感じなくなっているのに、意識があれば感情的な痛みは感じるものらしい。

　どうやら彼は、重たくなったあたしの体を抱き上げることを断念したようだ。

　代わりに彼はあたしの足の間に背を向けて立つと、あたしの両足首を持ってズルズルと引きずるようにして移動をはじめた。

　あたしの髪には土がこびりつき、引きずられることで制服のスカートがまくれ上がって下着があらわになる。

　恥ずかしさに顔を覆い隠したくなるが、彼が振り向いてあたしの状態を確認することはなかった。

　なんとか穴の前まであたしを移動させた彼は、軽く息を

吐き出して、あたしの両足首から手を離した。
「……死んでるよな？」
　そして、あたしの顔の近くにかがみ込み、確認するようにそう聞いてくる。
　当然あたしは返事などできないから、彼のひとり言だ。
　彼はあたしの首筋に手を当てた。
　彼の指先も、あたしと同じようにかなり冷えている。
「よし」
　脈があるかどうか確認したのだろう。
　あたしが完全に心停止していることを再確認すると、彼は再び腰を上げた。
　そして……。
　あたしの体は彼の両手で押され、穴の中へ吸い込まれるように落とされた。
　ゴッ！　ゴッ！
　体のあちこちが土の壁にぶつかる音がする。
　あたしは仰向けの状態で穴の中に落ちた。
　周囲は土の壁。
　雨を降らせている灰色の空が、丸く切り取られた状態で見える。
　土の臭い（くさ）ニオイが嫌だな……。
　そう思ったとき、彼が穴の中を覗（のぞ）き込んできた。
　彼は肩で呼吸をしていて、少し青い顔をしている。
　手には、この穴を掘ったときのスコップが握られているようだ。

開けた穴は、塞がなきゃいけない。

彼は少しの間あたしと見つめ合ってから、体勢を立て直してスコップをかまえた。

ザクッと土をすくう音がして、次の瞬間それはあたしの上へと落とされた。

半分開いたままになっていた口に土が入り込む。

それはザラザラとした嫌な感覚だった。

今すぐ吐き出したい衝動に駆られる。

だけど肉体が死んでいるあたしには、土が自分の喉を埋め尽くしていくのを止めることができなかった。

ザクッザクッ。

少しずつ、あたしの体が地上から見えなくなっていく。

耳の穴にも、鼻の穴にも、そして眼球の上にも、土が積まれる。

あたしは体全体で土の重みを受け止めていた。

その重みが増えていくたびに、彼がスコップを使う音が徐々に小さく、遠くなっていく。

やがてその音はやみ、彼が土を踏みしめて去っていく音と振動だけが、あたしに伝わってきた。

しばらく待っても、なんの音も、振動も聞こえない。

彼はすべてをやり遂げて、そして帰ってしまったようだ。

途端に寂しさが胸の奥を突いた。

あたしは今、土の中にひとりぼっちだ。

思い出す

　土の中で置き去りにされたあたしは、ぼんやりと今日の学校でのことを思い出していた。
　いつもの時間に起きて、いつもの時間に家を出た。
　身につけているのは当然制服だ。
　あたしが通っているN高校の制服は、紺色のスカートに白いブラウス。
　ブラウスの首元には紺色のリボン。
　着慣れた制服姿で、ボーッと歩いていても到着してしまう歩き慣れた道を歩く。
　家から学校までは徒歩10分ほど。
　とても近い距離だけれど、学校は丘の上にある。
　到着までのラストスパートにわりと急な坂道があるため、生徒たちはそこで体力を消耗させられる。
　それでも若さがあれば坂道くらいどうにかなるし、運動部の生徒は、部活のトレーニングでこの坂道を何往復もしているほどだ。
　あたしもこの坂道は平気なほうだった。
　ただし、それはほんの数カ月前までの話。
　今では上りきるまでに気分が悪くなってしまい、途中で座り込んで休むことがたびたびあった。
　今日もまた、坂道の途中で苦しくなり立ち止まる。
　歩道の隅に腰を下ろし、深呼吸をした。

青い空を見上げて、学校へ通えるのはあとどのくらいなのだろうか……と考える。
　この調子での体育はもちろん無理。
　いずれ、この坂道を上りきることも難しくなっていくのかもしれない。
　って、それはちょっと大げさか。
　そう考えて自嘲気味に笑ったとき、自転車を押しながら坂道を上ってきた友人に声をかけられた。
「美彩、今日も具合が悪いの？」
　心配そうな顔をしてあたしに話しかけてきたのは、クラスメートのメイだった。
　堀美彩は、あたしの名前だ。
「うん。ちょっとね」
　休憩したことでずいぶんと気分はよくなり、あたしはメイに返事をしながら立ち上がる。
「もう大丈夫なの？　自転車に乗りなよ」
　メイがそう言い、ポンッと自転車のサドルの後ろにある荷台を叩いた。
「え？　いいの？」
　あたしはメイを見る。
「ヘーキヘーキ。美彩は軽いから」
　その言葉にあたしは半笑いを浮かべたが、お言葉に甘えて荷台に座らせてもらうことにした。
「ほら、やっぱり軽い。ちゃんと食べてる？」
　体育会系で筋肉質なメイは、あたしを乗せた自転車を簡

単に押していく。
「食べてるよ」
　あたしは答える。
　男の子でもないメイの自転車に乗せてもらって、男の子でもないメイに心配されている。
　その光景がなんだかおかしく思えて、あたしは笑った。
「それならいいけれど」
　笑っているあたしをチラリと見て、メイは言った。
　メイはいつでも優しかった。
　だからメイにだけは、あたしの体の変化を伝えるべきかもしれない。
　あたし、たぶん学校も辞めるだろうし。
　何も言わずに学校を辞めたら、メイはすごく心配するだろう。
　でも、理由をしっかり話せば、メイは喜んでくれるかもしれない。
　そんなことを考えながら、あたしはメイに甘えて登校したのだった。

　１時限目は教室でノンビリとした授業だった。
　教科書はほとんど使用せず、プリントばかり配って生徒に説明する先生の授業。
　この先生は生徒に質問をしたり、問題を解かせたりせず、淡々と自分のペースで問題の解答を説明していく。
　時間を消費さえすれば給料が貰える。

そんな考え方をしていそうな先生だ。
　窓側の席のあたしは、ぼんやりと外の景色を見ていた。
　外は、微かに風が吹いている。
　校庭に植えられている木々が、不規則にその葉を揺らしていた。

　２時限目は体育だった。
　みんなが体操服や体育館シューズを持って、更衣室に移動をはじめる。
　今日は女子が体育館で、男子がグラウンドを使う。
　あたしは机の中から筆記用具と数学のテキストを取り出し、席を立った。
「今日も見学？」
　体育が大好きなメイが聞いてくる。
「うん。今日はバスケやるんだっけ？」
「そうだよ！　絶対に点を入れるから、美彩は見てて！」
　そう言い、力コブを作ってみせる。
　その目は好きなことをするときの輝いた目をしていて、あたしは自然とほほ笑んでいた。
　同時に、少し羨ましさを感じる。
　あたしも体育の授業は好きだった。
　特別に運動が得意というわけではなかったけれど、体を動かすことが好きだった。
　でも、今はそれができなかった。
　今だけは、我慢していた。

次々に更衣室へと入っていく女子生徒たちを見送り、あたしは見学組の生徒たちと一緒に一足先に体育館へと向かった。
　見学スペースは体育館の一番奥。
　あたしは授業の邪魔にならない場所を選んで座る。
　体育館の床はヒンヤリと冷たくて、あたしはお尻の下に下敷きを置いた。
　少しはマシになった気がする。
　数学のテキストを取り出して問題文に目を通していると、着替えを終えた生徒たちがゾロゾロと体育館に集合しはじめた。
　みんな、学校指定のブルーの体操服を着ているけれど、メイはすぐに見つけられる。
　同じ服装をした女子たちと一緒にいるメイを見ると、その体格のよさがよくわかった。
　周囲より一回り大きな体に、ベリーショートの男っぽい髪型。
　絵に描いたように整った顔立ちに、その髪型はピタリとマッチしていて、誰がどう見ても美少女だった。
　ただその体格のよさから、男子よりも女子からの人気のほうが高かった。
　一部の女子いわく、
『王子様みたい』
　だそうだ。
　あたしは陰でメイがそう噂されていることを思い出し、

クスッと笑った。
　たしかに、今朝あたしを助けたメイはまるで王子様のようだった。
　だから、女子生徒たちの噂は的を射ていると感じる。
　そう思っていると体育館の準備室の扉が開き、バスケットボールを持った先生が姿を見せた。
　どうやら生徒たちよりもずいぶん先に来て、準備をしてくれていたみたいだ。
「みんな集まってる？」
　若い女の体育教師は上下ブルーのジャージを身につけ、長い髪をポニーテールにまとめている。
「はぁい」
　生徒たちがまばらに返事をして、ゾロゾロと先生の元へ近づいていく。
「じゃ、各自ペアを作ってボールを取りに来て」
　こうして、体育の授業がはじまった。

告白

　体育の授業を見学しながら、あたしは数学の問題を解いていた。
　時々視線を授業中の生徒たちに向けながらも、黙々と数字を目で追っていく。
「堀、元気ないね？」
　突然、体育の先生に声をかけられ、あたしはハッとして視線を上げた。
「あ……ちょっと、最近体調がよくなくて……」
　慌ててそう返事をする。
「病院へは行った？　ずっと体育は見学だし、今朝は坂道でへばっているのを見たから心配していたんだけど」
　登校途中の光景を見られていたみたいだ。
　あたしは少し恥ずかしいような情けない気分になって、頬が熱くなるのを感じた。
「病院へは……行きました」
「何かの病気だった？」
「いえ……」
　あたしは返答に困ってしまい、うつむく。
　世間的には、あたしは病気ではない。
　だけど、今は無理ができないのは事実だった。
「私には話せないこと？」
　先生がそう聞いてくる。

あたしは申し訳ない気分になりながらも、小さく頷いた。
「ごめんなさい……」
「気にしなくていいよ。何かあったら少しは力になりたいと思ってるから、遠慮なく言うんだよ？」
「はい。ありがとうございます」
　会話が終わり授業へと戻っていく先生の後ろ姿を見送って、あたしはホッと肩の力を抜いたのだった。

　体育の授業が終わる前に、あたしは数学のテキストで手元を隠しながらこっそりスマホを取り出していた。
　スマホのホーム画面には、好きな人の顔写真を設定している。
　パッと見て誰だかわからないよう白黒に加工しているけれど、あたしはその画面を見て思わず頬を緩めた。
　今、連絡しても大丈夫かな？
　あたしと彼氏は同じN高校に通っている。
　だからあたしが授業中ということは、相手ももちろん授業中だ。
　だけど、場合によっては連絡を取ることができるときもある。
　今のあたしみたいにこっそりスマホをいじっていたり、あるいは授業がなかったりした場合。
　あたしは少し迷ってから、メール画面を表示させた。
　トクンットクンッ、と心臓が高鳴るのを感じる。
　さすがに緊張しているようで、スマホを操作する指先が

微かに震えた。
　けれど、なんとか相手にメールを送信することができた。
　それでもあたしのドキドキは収まらない。
　相手からの返事を待つまでの時間、あたしはスマホを両手でギュッと握りしめたままだった。
　そして、すぐに届いた返信メール。
　ブーブブーッという低いバイブ音にビクッとして、体が跳ねる。
　あたしは、恐る恐るメール画面を確認したのだった。

　そして迎えた昼休み。
　あたしは今、スマホを片手に屋上へ向かっていた。
　あたしが【話したいことがある】とメールすると、彼はすぐに【わかった。昼休みに屋上で会おう】と、返信をくれたから。
　この返事を見たとき、あたしの胸の奥はジワッと温かくなった。
　あぁ。
　あたしはやっぱりこの人のことが好きなんだ。
　そう、再確認した。
　だから大丈夫。
　きっと、何があってもあたしは大丈夫。
　好きという気持ちは人間をどこまでも信用させ、そして強くもさせた。
　あたしは『一緒にご飯食べよう』と誘ってきたメイを断

り、誰にも何も告げず1人で屋上へ向かった。

屋上へと続く階段は薄暗く、誰の姿もなかった。

時々生徒たちがここで授業をサボっているらしいけれど、今はお昼だからそんな生徒の姿もなかった。

誰にも邪魔されることなく階段を上がりきり、灰色の扉の前に立つ。

普段この学校では、屋上への扉は鍵をかけられている。

もし鍵が開いていることに気づかれたら、誰が入ってくるかわかったものじゃない。

だから、あたしは手に持っていたスマホから【ついたよ】と、扉の向こうにいるであろう彼氏にメールをする。

すると、すぐに扉の向こうで鍵を開ける音がして、ゆっくりと扉が開いた。

あたしは急いで扉の向こうへと体を滑り込ませると、すぐに扉が閉められ背後で鍵をかける音がした。

ホッと安堵の息を漏らして顔を上げると、目の前には空が広がっていた。

若干の蒸し暑さを感じたけれど、やっぱり今日は風が吹いている。

朝よりも少し風が強くなっているようで、屋上へ出ても暑さにそれほど苦痛を感じることはなかった。

あたしは視線を空から下へと移動させる。

「やぁ、誰にも見つからなかった?」

すぐ横にスーツを着た彼がいて、あたしに向かってそう聞いてきた。

彼の姿を見るなり、あたしの心臓はドクンッと跳ねた。
「大丈夫だったよ」
　あたしは返事をしながら彼に近づく。
　彼の着ているスーツはここの制服ではない。
　彼はあたしよりも7歳年上の24歳。
　この学校の数学教師だ。
　先生の横には大きな貯水槽があり、先生はそこに隠れるようにして立っている。
　あたしもそれにならい、貯水槽の陰へと身を潜めた。
　屋上が開いていると思う生徒はまずいないだろうけど、万が一、誰かが入ってきたら、隠れる場所がない。
　だから、最初から身を隠して話をしていたほうが安心なのだ。
　扉から見えないように隠れたあと、彼が口を開いた。
「美彩からメールしてくるなんて珍しいね」
　彼、藤木悠利があたしの腰に腕を回してそう言ってくる。
　あたしたちは自然と体を寄せ合う体勢になった。
　学校内では、すれ違っても先生と生徒のフリをしなければいけない。
　校内で公認となっているカップルを見るたびに、あたしと先生との関係性の違いを感じていた。
　それでもあたしは先生のことが好きで、隠れていてもいいからこの関係を壊したくないと思っていた。
　大人から見れば、あたしの感情なんてまだまだ子どもなのかもしれない。

ひと時の思い込みで、人生を棒に振ろうとしているようにも見えるだろう。
　それでも、今のあたしにはこれが一番ふさわしい選択肢だったのだ。
　だから先生に唇を寄せられても、あたしは全く抵抗しなかった。
　好きな人とのキスは体中が熱くなり、涙が出るくらいにうれしいことだった。
　あたしにとって先生とのキスを拒否する必要など、どこにもなかったのだ。
　隠れて付き合っているということで、そのキスの時間は長かった。
　会っても素知らぬフリをしていた寂しい時間を埋めるように、あたしたちは長く濃厚なキスをした。
　そしてあたしの唇がようやく解放されたとき、あたしの視界は涙で若干滲んでいた。
　キスだけでこんなにも幸せなんだもの、きっと大丈夫。
　教室を出るときにも感じていた、意味のない自信が湧いてくる。
　あたしがこれだけ幸せなら、きっと先生も幸せ。
　そんな気がしていたんだ。
　だからあたしは素直に言った。
　先生に、今日伝えようとしていたことを伝えたんだ。
「ねぇ、先生。あたし、妊娠したみたい」
　浮かれているような、はしゃいでいるような声であたし

はそう言った。
　坂道を一気に上りきることができなくなったのも、体育の授業を休むようになったのも、妊娠していたからだ。
　今は無理をしないほうがいい。
　少しでも体が辛いと感じることは避けたほうがいい。
　そう思ったからだった。
　生理が来なくなり、もしかしたらと思って1週間前に産婦人科を受診した。
　そこのベテランおじいちゃん先生は、ほとんど表情を変えず、どう見ても学生にしか見えないあたしを前にして、『3カ月目だね』と言った。
　何も返事ができずにいるあたしに、おじいちゃん先生は『相手やご両親とよく相談しておいで』と真剣なまなざしであたしに言った。
　そして、今ようやく妊娠のことを赤ちゃんの父親である先生に告げたんだ。
　だけど……。
「嘘だろ」
　先生のひと言が、あたしのはしゃいだ気持ちを一変させた。
　ついさっきの長いキスが嘘のように、冷めた声をしている先生。
「え……？」
「嘘だろ、そんなの」
　再び先生が言った。

あたしは自分の表情が徐々に凍りついていくのを感じていた。
　笑顔が消え、筋肉が硬直してしまった感じがする。
「嘘じゃ……ないよ？」
　情けないくらいに声が震えていた。
　あたしが嘘をつく必要なんてどこにもない。
　そんなこと先生が一番よく知っているじゃない。
「妊娠したとか言って、俺を引き止めるつもりなんだろ」
　先生があたしから体を離し、「はぁ」と呆れたように息を吐き出した。
　人を見下すようなその仕草に、あたしの心臓はドクンッと跳ねる。
　ジワジワと背中に汗が出はじめて、予想外の展開に頭の回転はついていけなくなる。
　しばらく黙っていると、先生は胸ポケットからタバコを取り出した。
　そしてなんの躊躇もすることなく、１本のタバコに火をつけたのだ。
　紫色の煙が風に乗ってあたしまで届く。
「ちょっと……やめてよ！」
　あたしはとっさに自分の口と鼻を手で塞ぎ、煙を吸わないようにした。
　それなのに、先生は……。
「やめろよ、そういう演技。みっともないぞ」
　演技……？

あたしは、あ然として先生を見つめた。
　この行動が、妊娠の話が、全部あたしの嘘で演技だと言っているのだろう。
「ちが……う……」
　悔しくて悲しくて、あたしは必死で声を絞り出した。
　さっきまで幸せで泣きそうだったくせに、今は違う意味で泣きそうだった。
　できることなら、数分前の2人に戻りたいと願う。
　でも、もうそれは遅かった。
　もう戻ることはできない。
「もう、俺たち終わりにしよう」
　先生はあたしの言葉を聞くことなく強引にそう告げると、あたしを1人屋上に残して去っていったのだった。

後悔

　そこまでの経緯を思い出し、あたしはなんてバカなんだろうと今さらながらため息が出る思いだった。
　先生にとってあたしはただの遊びだったのだ。
　きっと、付き合いはじめた当初から遊びのつもりだったんだ。
　女子高生というだけで喜んで近づいてくる、ハイエナのような男だったのかもしれない。
　それを本気と勘違いして浮かれて、妊娠までして。
　あまつさえ、そんな彼の子どもを身ごもったことをうれしいと感じていたあたし。
　今ならその出来事を少しは客観的に見ることができる。
　あたしという人間は、とても滑稽な存在だったようだ。
　それでもこうして土の中へ埋められることになったのだから、世間の人は少しでもあたしのことをかわいそうだと感じてくれるだろうか。
　ニュース番組で、女子高生失踪事件として大きく取り上げてくれるかもしれない。
　自分が事件の主役となり、顔写真を載せられている光景を思い浮かべると少しだけ愉快な気分になった。
　そのニュースをこの目で見てみたいと感じる。
　でも、それはもうあたしにはできないことだった。
　せめてかわいい顔写真が使われますように……と、願う

だけだ。
　そしてあたしはまた、今日の出来事に思考を巡らせるのだった。

　あたしは、1人残された屋上で呆然（ぼうぜん）と立ち尽くしていた。
　先生に捨てられた。
　その事実と先生のタバコのニオイだけが、ここに残っている。
「どうしよう……」
　あたしは呟（つぶや）き、自分のお腹に手を当てた。
　まだまだ小さな子どもがここにいる。
　まだ動かないしお腹も膨らんでいないからその実感は薄いけれど、たしかにここに存在している。
　この子を守ることを第一に考えたい。
　でも、どうやって？
　相手はあたしを捨てた。
　両親に正直に話しても、きっと産ませてはもらえないだろう。
　あたしには子どもを育てる能力も、経済力もない。
　ただの学生だ。
　昔の時代ならあたしの年齢で子どもをもうけることは珍しくなかったのかもしれない。でも、今は違う。
　時代が変わりすぎた。
　17歳という若さで妊娠して出産するのは困難である。
　待って。

それでも産んだ子はいるはず。
　相手がいなくても、両親に反対されても産んだ子はきっといる。
　大変だけど。
　苦労はするけど、一生懸命子どもを育てている子はいる。
　そうだ。
　そういう子たちに相談しよう。
　でも、どうやって？
　ネットで聞く？
　それって本当に信用できる情報なの？
　ネットの世界には悪い人もいる。
　もし、そんな人に当たってしまって嘘の情報を吹き込まれたらどうしよう。
　やっぱり無理。
　あたし1人で人間1人を育てるなんて、到底できない。
　もし、もし今、先生が戻ってきてくれたら？
「ごめんな」
　って言いながら、あたしの頭を撫でてくれたら？
　あたしはいろいろなことに思いを巡らせながら、その場に座り込んでしまった。
　あ然としていた状態から徐々に自分を取り戻していく。
　それと同時に先生の言葉が何本もの太い釘になり、胸を突き刺す。
「痛い……痛いよ……先生……」
　あたしはその場にうずくまり、呟く。

胸にできた傷は涙となって溢れ出す。
　ギリギリと締めつけられる胸の痛みはいつまで待っても和らぐことはなく、あたしはヨロヨロと立ち上がった。
　さっきまで心地よく吹いていた風は強さを増して、そういえば、今朝のニュース番組で梅雨入りしたと伝えていたことを思い出した。
　あたしは灰色の空の下、やっとの思いで屋上の扉まで歩いていった。
　今にも足元から崩れ落ちそうになるのを、なんとか踏ん張って耐える。
　屋上の扉はいつも以上に冷たく感じられた。
　あたしはその扉を開き、屋上から校内へと戻った。
　鍵は開けたままだけど、あとで先生が閉めにくるだろう。
　悲しみのせいか、呼吸がひどく苦しくなっていくのがわかった。
　ゆっくりと階段を下りながら、もしここで足を滑らせて落下し、流産したらどうなるだろうかと考える。
　先生は心配してくれるだろうか。
　あたしが言ったことが本当のことだったのだと、信じてくれるだろうか。
　そして何より、あたしの元へ戻ってきてくれるだろうか。
　そんな考えが巡りはじめる。
　どっちにしても、この子を育てることができる可能性はとても低い。
　先生が味方になってくれなかった時点で、この子の死は

確定したようなものだから。
　お腹の中の命が死ぬ。
　それは現実世界で自分の身に起こるであろうこととは思えなくて、グラリと視界が歪んだ。
　呼吸はさらに激しくなり、足に力が入らない。
　もうダメだ。
　立っていることも危うい状態。
　あたしは階段の真ん中で力を失いそうになっていた。
　そのときだった。
「美彩？」
　階段の下からメイがあたしを呼んだ。
　メイ？
　どうしてここに？
　そう思うが、言葉にはならない。
　視界は歪み、体が階段から空中へ浮くのがわかった。
　ああ。
　あたし、落ちちゃうんだ。
　このまま落ちても、この高さならあたしの命は助かるだろう。
　でも、お腹の赤ちゃんはわからない。
　打ちどころが悪ければ死んじゃうかも。
　無意識のうちに、あたしは自分のお腹を両手でかばっていた。
　生まれてくるかどうかもわからない命を、知らず知らず守っていた。

「美彩‼」
　メイの声が聞こえる。
　メイの慌てたような足音も。
　そして……トスッと、あたしの体はメイの両腕によって支えられていた。
「あ……メイ……？」
　まだ視界はグルグルと回っている。
「美彩、大丈夫⁉」
「だいじょう……」
　返事をする寸前、あたしの意識は遠のいていった。

　目が覚めたとき、あたしは保健室のベッドの上に寝かされていた。
　顔を巡らせてみると、ベッドの横に座ったメイが、漢文の教科書に視線を落としているのが見えた。
「メイ……？」
　名前を呼ぶとメイはハッとした表情になり、教科書からあたしへと視線を移動させた。
「美彩！　気がついた？」
「うん……」
　そう返事をして上半身を起こそうとしたところを、メイに止められた。
「まだ寝てなきゃダメだよ」
「でも……今、授業中だよね？」
　保健室の外は静かで、休憩時間のようなにぎやかさを感

じない。
　午後の授業がすでにはじまっているのは、わかっていた。
「授業のことなんて気にしなくていいの。美彩は過呼吸で気絶してたんだから」
「過呼吸……」
　そうだったんだ。
　先生とのやり取りがあったあと、胸が苦しくて辛くて。
　そのうち、呼吸が苦しくなっていった。
　あのとき、あたしは過呼吸を起こしていたらしい。
「だから、もうしばらく大人しく寝ていなさい」
　メイはそう言い、あたしの頭をポンッと撫でるように叩いた。
「ありがとう……メイ」
　あたしはいつものメイにホッとして、ベッドに横になる。
「メイはどうしてあんな場所にいたの？」
「あたしは先生に頼まれて漢文のプリントを取りにいってたところだったんだよ。いつもなら違うルートで教室に戻るところだけど、今日はなんとなくひと気のない廊下を歩いて教室へ戻ってたの。そしたら美彩が階段から落ちてくるんだもん、ビックリしちゃったよ」
　大げさに目を見開いてみせるメイ。
　メイが偶然通りかからなかったら、あたしは今ごろどうなっていたかわからないということだ。
　そう考えると今さらながら恐怖を感じた。
「美彩こそ、あんな場所で何してたの？　屋上には出られ

ないでしょう？」
　そう聞かれてドキッとする。
「う、うん。屋上までの踊り場で友達と話をしてたの」
　とっさについた嘘だった。
　先生と一緒にいたことは、やっぱりメイにもまだ言えそうにない。
　いっそ誰かに相談できれば楽になるかもしれないのに。

「メイ授業は？」
　あたしは話題をそらせるためにそう聞いた。
「ん？　あたしはちゃんと先生に言ってあるから大丈夫。それにほら、ちゃんと教科書読んでるし」
　そう言い、メイは漢文の教科書を見せた。
　あたしはフッと息を吐き出して、白い天井を見上げた。
　そして布団の中でそっと自分のお腹に手を当てる。
　そこに痛みはなく、ようやく安心することができた。
「何を笑っているの？」
　安心したら自然と笑みがこぼれていたみたいで、メイが不思議そうに聞いてきた。
「ううん。なんでもない」
　あたしは軽く首を振り、そう言った。
　妊娠のことはメイにもまだ言えていない。
　先生と付き合っていることさえ、メイには伝えていない。
　誰にも内緒だという約束で付き合いはじめたあたしたちだから、それを守っていた。

でも、この関係もきっと終わりになる。
　先生があたしと別れて、お腹の赤ちゃんもおろして。
　そして、きっと何事もなかったかのように淡々と日々が過ぎていく。
　そう頭では理解している、これからの現実。
　それでも期待してしまう先生との関係。
　あたしの気分は、また深い闇の中へと引きずり込まれていく。
「美彩、大丈夫？」
　急に黙り込んだあたしを心配してメイが聞いてくる。
「うん。大丈夫だよ」
「何か、ストレスでもあるんじゃないの？」
　過呼吸で倒れたということで、メイがそんな心配をしてきてくれる。
　あたしは曖昧な笑顔を浮かべてメイを見た。
　今、上手にメイをごまかすことはできないかもしれない。
「言えるときが来たら、言うから」
「……わかった。無理だけはしないでよ？」
「ありがとう、メイ」
　無理やり聞き出そうとしないメイにホッとして、あたしは再び目を閉じたのだった。

連絡

　あたしのスマホに先生から連絡が入ったのは、午後の授業がすべて終わってからだった。
【さっきはすまなかった。過呼吸で倒れたと保健の先生に聞いた。大丈夫だったか？　このあと話がしたい。校舎裏の出口に車を停（と）めておくから、そこに来てくれ】
　そのメール内容にあたしの心は弾んだ。
　さっきまで抜け出せない暗闇の中にいたのが、一瞬にして陽の当たる場所へと連れてこられたみたいだ。
　あたしは何度も何度もその文面を読み直した。
　夢じゃないよね？
　本当のことだよね？
　先生があたしの心配をしてくれている。
　それは、赤ちゃんが生まれてくる可能性を少しでも高めるものだった。
　あたしの顔は自然と緩んでしまう。
　もし、このあとの話がスムーズに進んでいけば、先生はあたしとの結婚だって考えてくれるかもしれないのだ。
　そう思うとうれしくて仕方がなかった。
「美彩、今度はやけに元気そうね」
　掃除を終えたメイが、ホウキを持ったまま突っ立っているあたしを見て、そう言ってきた。
「そ、そうかな？」

「とぼけても無駄だよ？　美彩はすぐに顔に出るんだから」
　そう言い、あたしの脇腹をつつく。
　あたしは自分の頬を両手で包み込んだ。
　そんなにわかりやすい顔をしていたのかな？
　まだ誰にも話せないことなんだから、バレないようにしないと。
「さ、掃除の続きしよっと」
　あたしはワザと大きな声でそう言い、メイから離れたのだった。

　放課後が来て、はやる気持ちを周囲に悟られないように帰宅の準備をはじめていた。
　先生の元へ今すぐに走ってでも行きたい。
　だけど体育を見学して、過呼吸で倒れてしまったあたしが走るわけにはいかない。
　昇降口へと向かう生徒の波に紛れ込みながら、あたしは歩く。
　先生、もう来ているかな？
　他の仕事はもう終わったのかな？
　もしかしたら、もう少し教室でゆっくりしたほうがよかったんだろうか？
　靴を履き替えながらそんなことを考える。
　先生はメールで時間指定まではしてこなかった。
　だからたぶん大丈夫のはずなんだけれど……。
　校門へと向かう生徒の群れの中、あたしは１人逆方向へ

と向かった。
　誰もいない裏門へと急ぐ。
　足を進めれば進めるほど、生徒たちの声は次第に小さくなっていく。
　学校の裏手に回ると校舎に遮られて、それはさざ波のようになった。
「先生！」
　そんな中、あたしはすぐに先生の車を見つけることができた。
　何度も乗ったことのある軽自動車だ。
　どこにでもあるような車だけれど、あたしは先生の車をすぐに見つけることができる。
　急いで裏門から出て車に駆け寄ると、運転席に先生の姿が見えた。
　あたしはなんの躊躇もすることなく、助手席のドアを開けて車に乗り込んだ。
　車の中は少しだけタバコの香りがする。
　それはシートに染みついていて、ちょっとした芳香剤じゃ取れないようだった。
「じゃ、行くか」
　あたしが乗り込むと先生はそう言い、すぐに車を出したのだった。

　いったいどこへ行くのだろう？
　行き先を告げずに動き出した車にあたしは思う。

梅雨前線の影響で周囲は薄暗いけれど、車の中が見えなくなるほどじゃない。
　だから学校からは極力遠ざかることになるだろう。
　あたしが妊娠した話をするとすれば、人目のない場所を選ぶはずだ。
　そう思っていると、車は30分ほど進み、アパートの駐車場で停車した。
　灰色の外壁をした長方形のおもしろみのないアパートを、車の中から見上げる。
　ここはどこだろう？
「降りて」
「ここは……？」
「俺の借りているアパートだ。ボロいけど部屋はきれいだから」
　先生がそう言い、先に車を降りて助手席のドアを開けてくれる。
　あたしはそれに従って車を降りた。
「先生のアパート……」
　そう呟いてみると、トクンッと心臓が跳ねた。
　先生がひとり暮らしをしていることは知っていたけれど、部屋に来るのは初めてのことだった。
　先生とのデートはいつでも人目を気にしていたから、車は真っ直ぐにホテルに向かうことが多かった。
　ホテルの中なら、誰にも見られずに話すこともキスすることもできたから。

当然あたしは、デートのたびに車内で持ってきた私服に着替えるわけだが……。
「ほら、おいで」
　車から降りてボーッとアパートを見上げていると、先生があたしを手招きした。
「あ、はい！」
　慌てて先生について歩く。
　アパートの階段は急で、錆びかけた手すりを持って歩いていく。
　２階の一番奥の部屋が先生の住んでいる場所だった。
　扉の前まで来て【藤木】という表札を目にすると、なんだかうれしくなった。
　先生はここで生活をしている。
　生活感のある先生はあまり見たことがなかったので、それがうれしいんだと思う。
　先生はブランドもののキーケースを取り出して、玄関の鍵を開けた。
「さ、入って」
「お、お邪魔します」
　あたしは緊張しながらそっと玄関を入った。
　部屋の中には車と同じタバコの香りがしていて、あたしはふっと頬を緩めた。
　ここは間違いなく先生の家だ。
　そう思った。
　狭い玄関に靴を脱いで上がると、玄関の扉が閉まる音が

響いた。
　続いて鍵をかける音。
　あたしはその音を不思議に感じることなく聞きながら、奥の部屋へと入っていった。
　6畳くらいの広さの部屋と、開けっ放しの扉の向こうにベッドルームが見える。
　ひとり暮らしには十分な広さがあるみたいだ。
　そして先生が言っていた通り、部屋の中は片づいていた。
　白いテーブルが真ん中にあり、壁際にテレビとブルーレイプレイヤー。
　ベランダのある大きな窓には、青いカーテンがかかっている。
「ほら、座って」
　先生が後ろから来てあたしを追い越し、ベッドルームからクッションを出してきてくれた。
　そのクッションは青色でとてもフカフカしているが、キャラクターは何もついていない。
　こういう些細なところまで男の人って感じがする。
　あたしはそれをお尻の下に敷いて座った。
「美彩は何か飲むか？」
「あ、じゃあ牛乳を……」
　妊婦さんは乳製品を多く取ったほうがいいと、何かで聞いたことがある。
　部屋の中を見回しながら待っていると、先生が牛乳とコーヒーを持って戻ってきた。

先生はいつの間にかネクタイを外し、第一ボタンも外している。
　見慣れているはずの先生の鎖骨に、思わず視線をそらしてしまった。
　いつもと違う特別な場所にいるから、なんだか妙に意識してしまう自分がいる。
「はい、牛乳」
「あ、ありがとう……」
　ぎこちなく受け取り、牛乳を一口飲む。
　冷たい牛乳が喉を通り、あたしは気分が落ちつくのを感じた。
「それでさ、昼間の話なんだけれど」
　コーヒーに口をつけないまま、先生が唐突に切り出した。
　あたしはその言葉にドキッとして、身がまえてしまう。
　昼休みのことは、忘れたくても忘れられない。
「妊娠っていうのは、本当？」
　先生がストレートに質問してくる。
　あたしは喉の奥が乾いていることに気がついた。
「本当……だよ」
　張りつきそうな喉で必死に声を出す。
　緊張から口が動いてくれなくなりそうで、あたしは舌で自分の唇をなめた。
「病院には？」
「行った。3カ月だって」
　あたしはそう返事をして自分のお腹に手をやった。

先生はその動作に少しだけ驚いたように目を見開いた。
　驚くのは当然だと思った。
　先生からすれば妊娠の話は今日聞いたばかりで、それなのに病院ではもう３カ月と言われて、あたしはお腹を大切に撫でているんだから。
　女のあたしでも疑問を感じて病院へ行き、診断されて実感が湧くまで時間がかかるのだから、男の先生は受け入れるまでにもっと時間がかかると思う。
「そうか……」
　先生は小さく呻(うめ)くように呟いた。
　その言葉にあたしの胸に不安が広がる。
　こういうとき、男の人は困るものだ。
　それはわかっていた。
　だけど、その不安をあからさまに向けられたとき、女性はどうしようもなく不安と恐怖を感じる。
　ドクドクと心臓は高鳴り、嫌な汗を全身にかいている。
　困っている。
　先生は今、困っている。
　どうしよう、あたしのせいだ。
　あたしが先生を困らせている。
　それはお腹の子を守れないということに直結しているように感じて、身震いをした。
　なんとかしなきゃ。
　その思いがあたしに無理やり笑顔を作らせた。
「あ、あたしたちの子どもならきっとすごくかわいいよ！」

それはでたらめだった。
　自分の子どもをかわいいと感じるのは普通のことらしいけれど、一般的に見てかわいい子が生まれるとは限らない。
　先生もあたしも、特別モテるような容姿じゃないから。
　きっと生まれてくる子も普通の子だろう。
　それでも、何か言わなければ終わってしまうと思い、口はつらつらと言葉を発しはじめた。
「お、男の子かな？　女の子かな？　ね、先生はどっちがいい？　子どもって育てるのは大変だけれど、産まれてきてくれるだけで十分幸せなんだって」
　ヘラヘラと笑いながら言葉を続ける。
　口の中は相変わらずカラカラで、牛乳を飲んでもそれは改善されなかった。
　先生は何も言わず、ただコーヒーカップを見つめている。
　その様子に、あたしは微かな怒りを感じていた。
　あたしがこんなに頑張って楽しい未来の話をしているのに、どうしてカップなんて見ているの。
　そのカップを見つめていたって楽しいことは何もないはずでしょう？
　それなのにどうして、あたしのほうを見てくれないの。
「先生は、子どもになんて名前をつけたい？」
　先生の視線をこちらへ向けたくて、あたしは話を続けた。
　すると先生はチラリと顔を上げ、一瞬だけあたしと視線を合わせた。
　その顔は、何も読み取れない冷たさだけを感じる無表情

だった。

　その表情にあたしは言葉を失い、部屋の中に沈黙が広がっていく。

　その沈黙は時間にして数分くらいだったと思う。

　けれど、重たい空気があたしの体を抑え込んで呼吸さえままならなくなり、あたしは先生から視線を外すと、自分の手元を見た。

　膝(ひざ)の上でギュッと握りしめた両方の拳(こぶし)には、汗が滲んでいる。

　そんな沈黙を破ったのは先生のほうだった。

　先生は無言のまま立ち上がり、カップを持ってキッチンへと立ったのだ。

　いつの間にコーヒーを飲み干してしまったのだろう。

　そんなことにも気がつかないくらい、あたしにとって苦しい時間だった。

　目の前に座っていた先生がいなくなり、少しだけ顔を上げる。

　その向こうにあるカーテンが半分ほど開いていて、雨が降りはじめたことがわかった。

　雨は、これからもっと強くなる。

　それはこれからのあたしと先生の未来を見ているようで、気分はさらに落ち込んでしまった。

「美彩」

　後ろから声をかけられて、あたしは立ち上がって振り向いた。

それとほぼ同時に、先生があたしの体を強く抱きしめてくる。
　先生のタバコのニオイがすぐそばにある。
　温かな体温がある。
「先生……」
　あたしはうれしくてほほ笑む。
　なのに……。
　次の瞬間、あたしは「ガハッ！」と、口から血を吐いていた。
　胸から温かなものが流れ出ているのがわかって、先生から体を離した。
　先生は肩で呼吸を繰り返していて、その目には涙が浮かんでいる。
　どうしたの？
　そう聞こうとしても、口の中の血が邪魔をして声にならなかった。
　ゴボゴボと不快な音を立てながら血が溢れ出てくるばかりだ。
　そしてゆっくりと視線を下へ向ける。
　ジワリジワリと制服のブラウスが赤に染まっていくのが見えた。
　何、これ。
　ねぇ、これはいったいなんなの？
　その赤い液体はブラウスでは吸い取ることができなくなり、スカートを伝って床に落ちた。

あ、汚してしまう。
　先生の部屋を汚したら、また先生を困らせてしまうことになる。
　だから、あたしは外へ出ようと思って立ち上がったんだ。
　だけど、体を動かした瞬間ボトボトと赤い液体が大量に床へ落ちた。
　ごめんなさい。
　ごめんなさい先生。
「アッ……ゴホッ！」
　むせて、また血を吐いた。
　床は赤い液体で水溜まりを作っている。
　その液体はヌルヌルとしていて生温かく、鉄の香りがしていた。
　それはまるで血のようで……。
　血？
　あたしはその場に立ったまま、自分の胸に手を当てた。
　手が何かに触れる。
　胸にないはずのものが、胸から伸びて出ているような感じだ。
　え？
　何、これ？
　あたしの左胸から黒い棒が伸びている。
　触れると堅く、少し動かしてみるとまた血を吐いた。
　ああ。
　これがあたしの胸に刺さっているんだ。

引き抜こうとすると連動して、あたしの体から再び血が流れる。
　手元をよく見るとその黒い棒は見覚えがあるもので、スーパーなどで売っている大きめのナイフだということがわかった。
　ナイフが今、あたしの胸に刺さっている？
　どうして？
　疑問を感じたまま、あたしは力なく床に座り込んだ。
　流れ続ける血に寒気と眠さを感じ、立っていることが困難になったのだ。
「ごめん……ごめん、美彩……」
　先生があたしを見下ろし泣きながら謝っている。
「せんせ……」
　あたしはほほ笑んだ。
　大丈夫。
　大丈夫だから。
　心配しないで。
　泣かないで。
　このナイフを抜いて、ちゃんと病院へ行けば、あたしたちの赤ちゃんはきっと……。

2章

はじまりは

　ゴトリ。
　あたしは自分の体が床に転がる音を聞いた。
　すべての力が抜けて座っていることもできなくなったあたしは、そのまま横倒しになってしまったのだ。
　自分の心音がどんどん弱まっていくのがわかる。
　空気を吸い込むことができず苦しいはずなのに、痛みも苦痛も一切感じなかった。
　ただぼんやりと、止まっていく自分の心音に耳を傾けることしかできなかった……。
　しばらくすると、完全にあたしの心臓は停止した。
　死んだ……？
　あたしは一瞬それを理解することもできなかった。
　死んでもこうして思考回路は動いていて、目の前には泣き崩れる先生が見えていて。
　ただ、あたしが動作と言語を失っただけだった。
　それはあまりにもあっけない終わり方だった。
　17年間生きてきたというのに、生きてきた証を何も残せていない。
　死ぬ間際にいい人生だったと感じることもない。
　ただ混乱と疑問だけが残る死。
　でも、パッとしないあたしに一番ふさわしい死に方だったかもしれないな。

なんて、自嘲的に笑ってみる。
　だけど頬の筋肉は少しも動かなくて、笑うこともできなくなったのだと理解できた。
　動けないから今の状況を変化させることもできない。
　仕方がないので、あたしは先生の次の行動を待つことにした。
　しばらく嗚咽(おえつ)していた先生だけど、どうやら用意周到だったらしい。
　中央に置かれたテーブルをベッドルームへと移動すると、下に敷かれていた薄いカーペットごとあたしを外へ運び出したのだ。
　なるほど。
　こうすればカーペットの血痕も一緒に持ち出せるということだ。
　あたしは先生の行動に少しばかり尊敬の念をいだいた。
　血なま臭いカーペットにくるまれた状態で、あたしは先生の車に押し込まれた。
　車に到着するまで誰かに見られなかっただろうか？
　もし、誰かにこんな場面を見られてしまったら大変なことになる。
　自分が殺されていながら、あたしはそんなことを思っていた。
　車はどこかへ走り出した。
　きっと先生は、いつも以上にひと気のない場所を目指すのだろう。

車が揺れるたびに、胸のナイフがあたしの皮膚を引き裂いた。

　そこからまた血が流れる。

　心臓が停止して血流も止まっているのだから、もう流れなくてもよさそうなのに。

　ナイフの切っ先は車の振動に合わせてあたしの心臓をグリグリと引っかき回しているらしく、体内から筋肉が裂けるブチンッブチンッという音が聞こえてきた。

　ひどく耳障りな音だ。

　耳障りでも、あたしはもう自分の両手で耳を塞ぐことはできなかった。

　ただただ、その音がやむのを待つだけだった。

　しばらく車は揺れていたかと思うと、それはゆっくりと停車した。

　先生の目的地に到着したようだ。

　エンジン音が切れたあと、バタンッと運転席のドアが閉められる音がする。

　先生の足音が微かに聞こえてきて、あたしが乗っているトランクが開けられた。

　カーペットに包まれているあたしの頬に冷たい外気が流れ込んできて、先生の家にいたときよりも気温が下がったことがわかった。

　先生はカーペットの中からあたしの体を担ぎ上げた。

　血まみれのあたしを抱っこした先生のシャツは、一瞬にして赤く染まる。

抱き上げられた振動によって、膀胱に残っていた尿がこぼれるようにして排出されるのがわかった。
　先生の腕の中でおもらしをしてしまうなんて、恥ずかしすぎる。
　そういえば先生の家でも力が抜けると同時に、糞尿をしてしまった。
　それも血と一緒にカーペットに染み込んでいった。
　このあと先生がこのカーペットをどこかへ捨てるのだと思うと、また少し恥ずかしさを感じた。

　あたし、先生に殺されたんだ。
　土の中であたしは今日の出来事を鮮明に思い出すことができて、その事実を再確認していた。
　今もまだナイフは胸に突き刺さったままだ。
　土の重みでそれがさらに胸の奥へと侵入してくるような気がして、あたしは腕を動かそうとした。
　しかし、当然ながら動かない。
　死んでしまって痛みもないのだから、引き抜くのは今のうちだ。
　けれどもう、それをする術は持ち合わせていなかった。
　だけど、あたしの体に多少の感覚は生きていた。
　たとえば口の中に入った土の感覚。
　手の甲を這っていく土の中の生き物の感覚。
　どれもあまりうれしいものではなかったけれど、そういうものの感覚は伝わってきていた。

感覚があるからといって何かができるわけでもない。
　口に入った土はそのままだし、虫は好き放題あたしの体を這う。
　地上の状況が気になって意識を集中させてみると、雨音がさらに強くなっているのがわかった。
　本格的な梅雨の到来だ。
　あたしは今朝のニュースを思い出す。
　たしか、梅雨前線は九州から関東にかけて停滞していると言っていた。
　大気の状態が非常に不安定となり、落雷や竜巻、強い雨などには注意が必要だと。
　と、いうことは。
　しばらくこの土地に人は来ないだろう。
　そもそも人が来るような場所ではないだろうし、それに加えて雨となると足は遠のく。
　先生にとって好都合な天気というわけだ。
　この状況が辛いのか悲しいのか、あたしは正直よくわからなかった。
　好きな人に殺されて、赤ちゃんまで一緒に奪われて。
　普通なら恨んだりする場面だと思う。
　けれど、これが先生の選んだ結果なのだと思うと、なんとなく許せてしまう自分がいた。
　まだまだ考え方が子ども、と言われるかもしれない。

　あたしは、埋められたときよりも土が重たくなっている

ことに気がついた。
　雨が降って、地面に吸収されているからだろう。
　一度掘り返された土は隙間が多く、水分を吸収しやすい。
　あたしを取り囲む土たちは、あっという間に湿り気を帯びてきた。
　ジトジトとした空間はあたしは好きじゃない。
　湿気が多いと髪の毛もまとまらないし、肌もベタベタしてくる。
　そんなあたしの考えとは裏腹に雨は降り続け、あたしの体にまで水滴を運んできた。
　雨に濡れた土はニオイを濃くし、むせそうだった。
　そんなとき、ザラッと土が落下してくる音がした。
　隙間があった土の中も、雨で重たくなった土によって塞がれはじめたのだ。
　落ちてきた土によって、あたしの体はさらに圧迫された。
　それは、今のあたしに不運としか言いようのないことだった。
　土の重さに耐えかねたあたしの腹部が、ベコッと音を立てて凹んだのだ。
　ウエストあたりには骨がないから、ペッタンコになってしまったのだ。
　当然ながらお腹の中にはいろいろな臓器が入っている。
　それらが体内で上下に移動するのがわかった。
　体に残っていた空気が抜けて「ゲェェェ」と、汚い声が口から洩れる。

それと同時に、押し上げられた胃と胃物が口の中に入ってくる。
　口の中にドロリとした胃液の感触と、薄い膜のような胃袋の感触が伝わってくる。
　さっき飲んだミルクも口内へ戻ってきてしまった。
　力を失ったお尻の穴からは、腸がはみ出している感覚がある。
　今の出来事で、お腹の中の赤ちゃんも膣（ちつ）から排出されてしまったかもしれない。
　そう思うと、ひどく悲しい気分になった。
　今まであたしの体は２人分だった。
　それが今は１人になってしまったかもしれないのだ。
　その差は大きく、土の中という不安と恐怖が湧いてくる。
　あたしはその恐怖をぬぐい去るため、再び思考を過去へと戻したのだった。

　そもそも、先生とあたしの関係は少し変わったところからはじまった。
　それは半年ほど前のこと。
　高校に入学して、もうじき最初の冬休みがはじまろうとしているときだった。
　少し長めのお休みがあり、年越しという大きなイベントも間近ということで、１年生だったあたしは浮足立った気分だった。
　それはあたしだけに限らず、他の生徒たちもそうだった

と思う。
　とくに帰宅部の生徒。
　だって休み返上で部活に勤しむ生徒たちを横目で見ながら、自分たちは家でノンビリできるのだ。
　楽しみじゃないわけがない。
　そんな事情で、クラスの子たちも普段よりも少しだけ気分が大きくなっていたんだと思う。
　いつもならあたしにちょっかいを出してきて、あたしは嫌がるそぶりを見せる。
　そして互いに笑い合うような関係のクラスメートたちが、その日は少し違うことを仕掛けてきたのだ。
　期末テストを終えて早々に帰宅しようとしたとき、これまであまり会話をしたことがない藤木先生に教室内で呼び止められた。
　そのとき、女の子たち数人がクスクスと笑う声を聞いた。
　あたしはチラリとそちらへ視線をやると、その子たちが「頑張れ！」と、口パクで言っているのが見えた。
　頑張れ……って、いったい何を？
　あたしは首を傾げてクラスメートを見る。
　だけどその子たちはただ笑っているばかりで、何も教えてくれそうにない。
　きっとあたしが藤木先生に呼び止められた理由を知っているから笑っているのだろうけれど、それに対して口を開く子は誰もいなかった。
　あたしは仕方なく持っていたカバンをいったん机に戻

し、先生の元へと歩いていった。
　藤木先生は若くて背が高い。
　だけどお世辞にもかっこいいとは言えない外見をしているため、生徒たちからの人気は中途半端だった。
　もっとかっこよければ、女子生徒も放っておかないだろうけれど。
「先生、なんですか？」
　藤木先生にお説教をされるようなことをした覚えのないあたしは、とくに恐れることなくそう聞いていた。
　どちらかと言えば、先生のほうが戸惑った顔をしていたんじゃないかと思う。
「ちょっと、話……いいか？」
「いいですよ？」
　あたしは先生のたどたどしい口調に首を傾げながらも、了承した。
　どうせ大した話ではないだろう。
　早く終わらせて帰ろう。
　そう思っていた。

　けれど、話をするために連れてこられたのは、生徒が出入りすることのできない屋上だった。
　紺色のスーツの胸ポケットから、屋上へと続く扉の鍵を取り出す先生。
「こんなところで話ですか？」
「あぁ。君も他の生徒には聞かれたくないだろう？」

どういうことだろう？
　なんの話をするのかわからないあたしにとって、先生の今の言葉は理解できなかった。
　だけど、先生は今から話すことの内容をあたしも知っているかのような態度だ。
　ガチャガチャと音を立てて不器用に鍵を開けようとしている先生。
　緊張しているのか、うまく鍵が鍵穴に挿さらないようだ。
　他の生徒に聞かれたくないと言いながら、こんなところで時間をかけていたら誰に会話を聞かれるかわからない。
　とくに、クラスメートたちには聞かれる可能性が高い。
　だからあたしは先生の横から手を伸ばし、その鍵をなかば強引に受け取った。
「あたしが開けます」
　ひと言そう言い、スッと鍵を挿し込む。
　回すとカチャッと音がして簡単に鍵は開いた。
　その音に、隣にいる先生がホッとして肩を落とすのがわかった。
　何をそんなに緊張しているんだろう？
　そう思いながらノブに手をかけて、押す。
　ギィ……と重たい扉が開くような音と同時に、外の風が吹き込んできた。
　さすがに寒い。
　あたしはその風に首をすくめながら、先生と2人で屋上へ出た。

「わぁ……見晴らしがいいですね！」

　このとき、あたしはまだ屋上へ出たことがなくて、丘の上に立つ学校からの景色を初めて目にした。

　教室から見える景色はグラウンドが一面を支配しているけれど、少し上がっただけで街が見渡せるようだ。

　雪でも降りはじめれば、ここからの景色はもっときれいだろう。

　春の桜並木も、夏の星空も、秋の紅葉も。

　ここから見てみたいと思った。

「き……きれいだろう？」

　先生はぎこちなくそう言い、そしてぎこちなくあたしの肩に手を回した。

　その行動にあたしは一瞬、頭の中が真っ白になった。

　え……？

　何……？

　女子生徒が男の先生に肩を抱かれるなんて、想像もしていない世界。

　どういうことなのか全く理解できなくて、あたしはあ然としたまま先生を見上げた。

　あたしの表情に気づいた先生が、「わ、悪い」と、慌ててあたしから体を離す。

「先生、いったいどうしたんですか？」

　付き合っている人もいなければ好きな人もいない。

　そんなあたしはかなり鈍感だったと思う。

　この状況で逃げ出したり、声を上げたりしなかったんだ

から。
　あたしはただ怪訝そうな顔をして、先生を見上げているだけだった。
「て……手紙、読んだんだよ」
　先生がそう言い、ポケットから白い封筒を取り出す。
　手紙？
　あたしはその封筒にも手紙にも見覚えはなかった。
「ほら……。お、俺のことが好きだって書いてくれたの、君だろ？」
　先生は自分で言いながら頬を赤らめている。
　どうやら先生も、ずいぶんな恋愛初心者らしい。
「その手紙、見せてください」
「あぁ、いいよ」
　先生から受け取った封筒を開けると、そこには封筒と同じ白い便せんが入っていた。
　便せんには女の子らしい丸文字で先生への愛が綴られている。
【先生を思うと夜も眠れません】
　とか。
【先生に会うために学校へ来ています】
　とか。
　歯の浮くような言葉が、恥ずかしげもなく書かれている。
　そしてそんな恥ずかしい恋文の最後には【堀　美彩より】と、書かれている。
　……最悪だ。

これでクラスメートたちが笑っていたことも『頑張って』と言っていたことも理解できた。
　そして先生がやけに緊張して、あたしを屋上なんかに連れ出した理由も、わかった。
　あたしはフゥと息を吐き出し、便せんを封筒へ戻した。
　さて、これからどうするべきか。
　これを出したのはあたしじゃない。
　でも、目の前の先生はあたしだと信じ込んでいる。
　そして恐らく、この手紙をすごく喜んでくれている。
　目の前にいる先生はまるで少年のように頬を赤らめ、好きな子を前にしてどうしていいのかわからない。
　といった様子だ。
「あの……手紙を読んでもらえてうれしいです。あたしの気持ちを少しでも心の隅に置いておいていただければ、あたしはそれで十分で……」
　最後まで言い終える前に、あたしは先生に抱きしめられていた。
　嗅ぎ慣れないタバコのニオイがスーツに染み込んでいる。
「好きだ！！」
　あたしの体をギュッと抱きしめ、青春映画さながらに叫ぶ先生。
　好きって……言われても……。
　あたしが先生に恋心を抱いた覚えは微塵もなかった。
　むしろ会話した記憶もないくらい、先生のことは透明人

間だった。
　それなのに、何、この状況。
　どうにか先生を傷つけずに断ろうと思っていたけれど、どうやらそれは無理みたいだ。
　あたしは先生から体を離し、このような事態になった経緯を説明しようと思った。
「あのですね、藤木先生」
「何も言わなくていい」
　あたしを抱きしめ続ける先生。
「でも、話が……」
「話ならもう終わったろ？」
「そうじゃなくて……」
「大丈夫。誰にも内緒で付き合おう」
　先生はもう周囲が見えていない様子だった。
　あたしの言葉も耳に入らないのか、あたしを抱きしめたままひたすら「愛している」を、繰り返す。
　ろくに会話したことのない生徒を本当に愛しているのかどうか、怪しいものだ。
　とにかくこの日、あたしは先生に正直に説明することができなかったのだった。

朝

　あたしと先生のはじまりは、そんな感じだ。
　友人たちのイタズラがきっかけ。
　それから一応は『付き合う』という形になった、あたしたち。
　でも、こっそり屋上で会うたびに、あたしはどんどん先生に惹かれていった。
　先生に興味なんてなかったあたしからすれば、自分の心境の変化が一番の予想外の出来事だった。
　先生は高校生のあたしと違い、いろいろな趣味を持っていた。
　安い給料じゃ趣味を増やせないと言っていたけれど、それでも十分すぎるくらいいろいろな経験をしているようだった。
　そんな話を聞いていると、あたしは先生に興味が出てきたんだ。
　先生がどんな人で、どんなものが好きなのか、もっともっと知りたいと思った。
　その好奇心は、あまりにも簡単に恋愛感情へと通じていた。
　友人があたしを困らせるためにやったことが、こんなふうに形を変えるなんて思ってもいなかった。
　あたしは土の中で、何時間にも渡って楽しかった日々を

思い出していた。
　そうしている間は不安や恐怖を感じることもなく、とても平和に過ごせていた。
　けれど、ふと我に返れば目の前には土がある。
　状況は何1つ変化していない。
　ジットリと湿った土はさらに重みを増していて、あたしの体と土の間との微かなスペースもなくなっていた。
　粘土状になった土は鼻の穴を完全に塞いでいる。
　もし生きたまま身動きを取れなくされ、埋められていたら？
　そう考えると身の毛がよだつ思いだった。
　土の中でジッと自分の命が尽きるのを待つ。
　それはいったいどんな気分なのだろうか。
　幸いにもあたしは心停止してから埋められたため、呼吸困難といった恐怖は味あわなくてすんだわけだ。
　それにしても、このうっとうしい雨はいつまで降り続けるのだろうか……。
　耳を澄ませば豪雨とも呼べるような音が聞こえてくる。
　土の中でここまで大きな音なのだから、地上ではもっと激しいに決まっている。
　ふと、両親のことが気になった。
　この強い雨に加え、娘が帰ってこないとなれば心配しているだろう。
　もしかしたら、もう警察にあたしのことを通報しているかもしれない。

そうだったらいいな。
　土の中は暗くて重たくて、怖くて不安で、すごく嫌だ。
　早く見つけてほしいな。
　この雨がやめば、きっと見つけてくれる。
　天気がよくなってみんなが動き出せば、きっとここから出してもらえる。
　あたしはそう信じて、雨音が遠ざかるのをじっと待ったのだった。

　土の中に埋められてから時間の感覚はなくなっていた。
　朝も昼も夜もない。
　しいて言うなら、周囲は真っ暗だからつねに夜といった感じだけど。
　お腹も空かないし、トイレも必要ない。
　ただここに横たわっているだけ。
　そうなってしまうと、今日が何月何日かなんてあっという間にわからなくなってしまった。
　そもそも、埋められたときの天候が最悪だったため、朝だろうが夜だろうが、雨の音しか聞こえてこなかった。
　だから、あたしの時間の感覚はさらに鈍ってしまった。
　土の中の生活は快適とは言えなかったけれど、特別困ることもなかった。
　困ることがないのは、あたしがすでに死んでいるからで、
　生きたままの人間が地中で生活するのは、さすがに困難を極めると思う。

あたしは先生との出来事や楽しかったときのことを思い出し、時間を潰すようになっていた。
　最初は不安と恐怖を払しょくするための行動だったけど、今は趣味になっている。
　こんなときでも趣味の時間ができるなんて、人間というのはどこまでも柔軟性のある生き物なんだと思い、なんだかおかしくなった。
　そんなある日のことだった。
　いつもと外の様子が違うことに気がついた。
　最初は何が違うのか理解できなかった。
　でも、ずっと耳を澄ましていて鳥の声が聞こえてきたとき、雨がやんだのだと気がついた。
　雨がやんだのだ。
　その変化はすぐに現れた。
　今まで雨の音しかしなかった地上に、車の通る音や自転車のベルの音が聞こえはじめたのだ。
　思った通り頻繁に人が通る道ではないみたいだけれど、それでも人の存在を感じられるものがたしかにあった。
　鳥のさえずりを聞くたびに、人の気配を感じるたびに、あたしの気分は高揚した。
　心臓が動いてくれていれば、その心拍数はとんでもないことになっていたかもしれない。
　あたしが埋められている数メートル上の世界では、変わらない日常を送る人々がいる。
　そう思うと、妙にうれしかった。

そして早くあたしを見つけてほしいと、淡い期待を抱いていた。

　雨がやんだことで、あたしの時間の感覚は徐々に戻っていった。

　朝には鳥が鳴きはじめ、昼には少し遠くから学校のお昼のチャイムが聞こえてきて、夜にはこの近くを通って車が自宅へと戻っていく。

　そんな音の変化を敏感に聞き取り、今が朝なのか夜なのか理解できるようになっていた。

　先生は今ごろどうしているだろうか？

　ふと、そんなことが気になったりもした。

　あたしを殺してしまったことを少しでも後悔しているだろうか？

　それとも、あたしと赤ちゃんがいなくなり元の生活を手に入れたことを喜んでいるだろうか。

　どちらにしても、あたしの胸はモヤモヤとした嫌な気持ちに包まれた。

　あたしを殺したことを後悔して、先生が先生として働けなくなったりしていたら嫌だ。

　あたしがいなくても平気で、先生が先生として働いているのは嫌だ。

　そんな矛盾した気持ちになる。

　あたしを早く見つけてほしいけれど、見つかれば先生が犯罪者として捕まってしまう。

　今のあたしの心は矛盾だらけだ。

夜の魔物

　気がつけば、鳥の声が聞こえなくなっていた。
　また夜が来たのだ。
　あたしは、昼夜問わず真っ暗な土の中でそのことを理解した。
　夜が来たからといって土の中に変化はない。
　けれど、土の外からの音がなくなってしまうというのは、少し寂しい気持ちにさせた。
　１日中、聴覚を敏感に使っていたため、ちょっとした物音に気がつくようになっていた。
　きっと、視覚障害者の人なんかも聴覚がすぐれているのではないだろうか。
　そんなことを思いながら耳を澄ました。
　夜の音は昼間とは違い、静かな音だった。
　時々聞こえてくるフクロウの鳴き声。
　風が木々を揺らす音。
　そして、土の中を小さな虫が這っていく音。
　あたしの耳元のすぐ近くを何かが這う。
　土を押しのけながらズルッズルッと長い体をくねらせるようにして動いていく。
　これは……ミミズ？
　動いている音はとても小さく、微かなものだった。
　そして這っているという状況から推測して、それはミミ

ズだろうと思っていた。

　虫のたぐいは正直得意ではなかった。

　あたしの顔のすぐ横でミミズが動いていると思うと、鳥肌が立つ。

　でも、同じ土の中にいる者同士、仲よくしておいたほうがいいかもしれない。

　彼らからすればあたしのほうがあとから入ってきたのだろうし、状況によれば不法侵入といったところだ。

　できるだけ角が立たないようにしよう。

　だから、あたしはミミズが自分の顔を這いはじめても我慢した。

　眼球の上を這い、鼻筋を這い、そして口の中へと侵入してくる。

　ミミズにとって、あたしの体はいい住処(すみか)になるのかもしれない。

　それならそれでいい。

　死んでからも誰かの役に立つなんて、思ってもみないことだ。

　光栄とまでは言わないが、このミミズとは仲よくできそうな気がした。

　けれど、ミミズはあたしの口の中でしばらく身を潜めたあと、やっぱり居心地が悪かったのか出ていってしまった。

　どうやらお気に召さなかったようだ。

　あたしは去っていくミミズに会釈をしたかったけれど、やっぱり首も動かなかった。

このまま見つからなければ、あたしの体は虫のエサになるだろう。
　こんなに巨大なエサ、食べきれる虫なんているのかな？
　もし残れば土の中で腐敗していき、骨になるだけだ。
　骨になるのに、どのくらいの期間が必要なんだろう？
　その前に野犬が掘り返して食べたりするんだろうか？
　あたしは、自分の体が野犬に食い荒らされる場面を想像した。
　犬たちは血と肉のニオイを嗅ぎつけて、土を掘り返す。
　光が差したと感じた途端、そこには犬の牙があるのだ。
　牙は月に照らされてギラギラと光り、犬の唾液があたしの顔にべたりとかかる。
　無抵抗なあたしに、犬は容赦なく歯を立てるだろう。
　ネットリとしたローションのような唾液をしたたらせながら、あたしの頬肉をちぎり、むさぼる犬。
　ちぎられた場所から、血に濡れた白い歯が見えるかもしれない。
　頬を無理やりちぎられ、奇妙に歪んだ唇を別の犬が噛みちぎる。
　ブチブチと肉片を破壊していく飢えた犬たち。
　それはまるで１人の美少女にたかる男のようで、どこか官能的でもあった。
　複数が１匹を求めて奪い合う。
　そんな光景。
　食欲と性欲はとても似ている。

そんなことを考えて、クスッと笑いたい気持ちになった。
　そのときだった。
　土の上から物音が聞こえてきて、あたしはハッとした。
　思考回路を停止させ、耳に神経を集中させる。
　バタンッ！
　何かが閉まるような音が聞こえてくる。
　この音は……車のドアを閉める音に似ている。
　そしてこちらへ歩いてくる１つの足音。
　あたしはその足音が止まることなくこちらへ近づいてきていることに、緊張していた。
　今は夜のはずだ。
　こんな時間に、誰がなんのためにこんな場所へ来たのだろう？
　もしかして、両親があたしの居場所を突き止めて助けに来てくれたのだろうか。
　でも、それなら足音は２つあってもいいはずだ。
　だとすれば……。
　ここへ迷いなく来る人物といえば……１人しか、いない。
　あたしの考えは的中した。
　足音はあたしが埋まっている土の真上で停止したのだ。
　そしてすぐにザクッザクッと音が聞こえてくる。
　これは土の掘り返している音かもしれない。
　その音が聞こえるたびに、あたしの上に乗っている重みは軽くなっていく。

しばらくすると、土の隙間から光が差し込んできた。
　それは久しぶりに見る光だった。
　予想通り今は夜みたいだけれど、微かな月明かりがひどく懐かしく胸が熱くなる。
　そして、ついにその人物の顔が見えた。
　先生だ……。
　土にまみれながら先生がそこに立っていた。
　肩で呼吸を繰り返し、額には汗が滲んでいる。
　あたしのためにそこまでしてくれたのかと思うと、少しだけうれしい気持ちになった。
　でも、どうして？
　どうしてここへ戻ってきたの？
　聞きたいけれど、聞くことはできない。
　先生は、あたしの顔を覗き込むように見て顔をしかめた。
　あぁ、そうか。
　あたし今ひどい顔をしているよね。
　土まみれで顔だって何日も洗っていない。
　腹部からせり上がってきた胃物のせいで、殺されたときよりも口が大きく開いた状態だ。
　きっと醜(みにく)いだろう。
　腐敗だってはじまっているかもしれない。
　こんな姿を先生に見られてしまって恥ずかしい。
　あたしはすぐに顔を覆い隠したかったけれど、やっぱりそれも無理だった。
　仕方がないので、あたしは同じ体勢のまま先生を見つめ

ていた。
　先生はあたしの顔を見たあと何度かえずき、少し涙目になってしまっている。
　吐き気がするくらい、ひどい顔なんだね。
　ごめんね。
　できるなら先生にはもう見られたくないよ。
　それは先生も同じ思いなのだろう。
　先生はもう、あたしの顔を見ることはなかった。
　代わりに、あたしの腹部に視線を移した。
　あぁ、きっとそこも醜いわ。
　土の重さで凹んでしまっているもの。
　普通の人間じゃあり得ない状態だもの。
　そう思っていると、先生がズボンのポケットから何かを取り出した。
　それは月明かりに照らされてキラリと光る。
　ナイフだ。
　懐かしい。
　でも、先生があたしに突き立てたナイフは、今もまだあたしの胸にある。
　先生が手にしているそれもよく似ているけれど、少し違うようだ。
　先生はナイフを片手に握りしめて、あたしのお腹に突き立てた。
　中身は上下に移動しているため、そこには何もない。
　ブヨブヨとした皮を無理やりに引き裂いていく。

あたしは先生のその行動に混乱していた。
　今さらあたしの体を裂いてどうするんだろう？
　その疑問はしばらくたつと簡単に解決された。
　先生は腹から膣にかけて、あたしの体をザックリと引き裂いたのだ。
　臓器が丸見えになった状態はとても恥ずかしくて、本来なら頬を赤らめていただろう。
　次に先生は、あたしの体の中に恐る恐る手を差し入れてきたのだ。
　久しぶりに感じる先生の体温。
　あたしを優しく抱きしめてくれた手が、あたしの臓器をかき回している。
　いったい先生は何がしたいのだろう？
　まるで、あたしの体内の何かを探しているような……。
　その瞬間、あたしは気がついた。
　先生がしようとしていることが理解できた。
　途端に恐怖が湧き上がる。
　先生の手は子宮へと移動していく。
　ダメ。
　やめて。
　その子を持っていかないで！
　先生の手が子宮をまさぐる。
「どこだよ……」
　イラ立ったように呟く先生。
　ズボンのポケットから今度は小さなライトを取り出し

て、それを口にくわえてあたしの体を照らし出した。
　眩(まぶ)しいと感じるほどの光にあたしの目はくらむ。
　まばたきをしたい衝動に駆られながら、あたしは先生の行動を見守った。
　きっと、先生はあたしたちの赤ちゃんを引きずり出すつもりだ。
　赤ちゃんのことがわかったら、自分が犯人だとバレてしまう。
　だから、その前にあたしの体から奪ってしまおうとしているのだった。
　その行為はいくら先生でも許しがたいことだった。
　2人の赤ちゃんなのに。
　どうして1人で勝手にそういうことをするの？
　そう思ったって相手に通じるはずもない。
　先生は両手をあたしの血で真っ赤に染めながら懸命に赤ちゃんを探した。
　そして、手のひらに乗るくらいの小さな小さな命を、見つけてしまったのだ。
「くそ……なんで俺がこんなことを……」
　ブツブツと文句を言いながら、先生はあたしの体から小さな命を引き離した。
　その手には他の臓器も握られていて、めちゃくちゃに引っかき回されたのだということがわかった。
　そのとき、初めてあたしの中で先生に対しての怒りが生まれた。

今までのように好きだからという感情が、嘘のように消えてなくなっていく。
　やっと我に返った。
　そんな感じだ。
　あたしは赤ちゃんを引きずり出し、透明な袋に詰めている先生をずっと睨みつけていた。
　もちろん、表情は変えられないから、見ていた。
　先生の顔は土の色と血の色で染まり、そして恐怖で歪んでいる。
　だけど、それはあの部屋へ戻ると消えるんでしょう？
　顔も服もきれいにして、また笑顔に戻れるんでしょう？
　あたしと赤ちゃんはもう二度ときれいにはなれない。
　もう二度と笑顔には戻れない。
　なのにどうして、あなたは１人で元に戻るつもりなの？
　声が出れば、そうののしってやりたかった。
　けれどあたしにはただただ先生を見ていることしかできなくて、母親としての無力さを感じた。
　それから先生は、あたしの胸に刺したままのナイフを引き抜いた。
　証拠をすべて隠ぺいするために、ここへ戻ってきたみたいだ。
　犯人は現場に戻る。
　とは、こういうことかと思う。
　罪悪感から再度その場所を訪れたのかと思ったけれど、先生の場合は違うみたいだ。

先生は土を掘り返したままの状態でいったん車へ戻ると、今度はあたしの学生カバンと革靴を持って戻ってきた。
　これらも久しぶりに見るもので、あたしは懐かしさを感じた。
　つい最近まで、ほぼ毎日これを持って履いて学校へ通っていたのだ。
　先生に殺された日もそうだった。
　先生は土の中のあたしを見下ろして、そしてカバンと靴をあたしの上へと投げ入れた。
　カバンの蓋が開いていたらしく、落下するまでにいろんなものがあたしの上に散乱してしまった。
　毎日使っていたノートと教科書。
　カバンのポケットに入れていたキャンデーの袋。
　リップクリームや鏡を入れた白いポーチ。
　ハンカチにポケットティッシュ。
　それに、スマホ。
　それらをすべて穴へ投げ入れた先生は、再びスコップを手に取った。
　そのあとは、土を元あった場所へと一心不乱に戻すだけだった。
　月明かりの下で懸命にあたしを埋める先生は、まるで悪魔のように見えたのだった。

繰り返しの日々

　あたしが完全に土の中に埋まってしまったあと、先生の車が遠ざかる音を聞いた。
　そしてあたりは再び静寂に包まれる。
　フクロウの鳴き声が切なそうに聞こえてくる。
　あたしはしばらくの間、何も考えることができなかった。
　正直、ショックだった。
　先生があんなに冷酷でひどい人間だなんて、思っていなかったから。
　自分が殺されたときにだって感じなかった、強い怒りを感じている。
　お腹の赤ちゃんと引き裂かれた事実は、あたしの感情を高ぶらせていた。
　どうしてあたしはここにいるんだろう。
　今すぐ先生の車を追って怒りをぶつけてやりたいのに、どうしてあたしは土の中にいるのだろう。
　あたしは死んだのだ。
　だったらこんな土の中にとどまっていなくても、魂となって抜け出せばいい。
　そして、先生の車に事故でも起こさせてしまえばいいのだ。
　世間ではよく心霊現象や呪(のろ)いといった名称で、死んだ人間には力があるようなことを伝えている。

でも……でも、あんなのは嘘っぱちだ。

あたしは今、先生のことが憎くて憎くて仕方がない。

それなのに、あたしの魂はまだ体にあり、呪い殺すなんて到底できるとは思えなかった。

死んだ人間は無力だ。

自分の力では何もできない。

涙が出るほどに悔しいのに、涙を流すことさえあたしにはできないのだ。

これほど歯がゆい気持ちになったのは、生まれて初めての経験だった。

こんな感情を経験するのなら、死んだときに思考回路もすべて遮断されてしまえばよかったんだ。

何も理解できない。

何も見えない。

何も聞こえない。

そんな状態になっていれば、こんなに苦しい気持ちになることもなかった。

あたしは普通に死んでお経をあげてもらい、ちゃんと成仏できる人々が羨ましかった。

95歳のひいおばあちゃんのお葬式に参列したことがあるけれど、寿命をまっとうするのが幸せなのだと、そのときのあたしはわからなかった。

死ぬことは不幸だ。

残された者はみんな悲しいのだ。

そう思って疑わなかった。

でも、違う。

　ちゃんと家族に看取られ、ちゃんと葬式をあげてもらい、ちゃんとお墓に入る。

　そんな死に方こそ、きっと幸せだと言えるのだ。

　だから、あたしは今、悲しいんだ。

　だから、あたしは今、泣きそうなんだ。

　だから、あたしは今、愛していた人を心の底から憎んでいるんだ……。

　その感情は朝が来ても癒えることはなかった。

　真っ暗な中で１人何もできずにいるのだから、自分の感情が大きく変化することなんてあり得ない。

　生きていたころ朝になれば感情が落ちついていたのは、夜に眠るからにすぎなかった。

　いったん眠って１日をリセットする。

　それで感情も多少なりともリセットされ、友達とケンカしていても謝れるようになるのだ。

　なら、あたしはいったいどうやって気持ちをリセットすればいいのだろう？

　朝も夜も眠らないあたしは、この先も永遠に先生のことを憎み続けるしかないのだろうか。

　それは先生にいつまでも心を支配されているということで、憎むことさえ怒りへと変換されてしまいそうだ。

　できるだけ、先生のことを考えないようにしなきゃいけない。

　あたしの体は、いつ見つけてもらえるかもわからない状

況なのだ。

 このまま憎み続けて呪い殺すことができるなら本望だけれど、どうもそれは現実的ではないようだ。

 朝が来て、また夜が来て。

 それを繰り返しているうちに、あたしは諦めに近い感情を持つようになっていた。

 赤ちゃんも奪われ、あたしは1人この土の中で朽ち果てていくだけ。

 その証拠に、最近では自分の腹部から異臭を感じはじめていた。

 埋められてから何日もたつのだ。

 そろそろ腐敗しはじめていても不思議ではない。

 とくに腹部の損傷は激しく、内臓は体の外へとはみ出している。

 もともとあたしの体に収まっていた臓器は、外気にさらされながら土に埋もれた状態なのだ。

 時々虫たちがあたしの体に群がり、その臓器を食べているようだった。

 前に想像したように、そのうち本当に野犬が来るのではないかと冷や冷やしている。

 穴の中に落とされたキャンデーの袋には蟻(あり)が群がり、あたしの体に列を作った。

 カサカサと小さく動き回る蟻たちを見ていると、肌に感覚はないのにくすぐったさを感じた。

 キャンデーを食べ尽くした蟻たちは、今度はあたしの体

を食べはじめた。
　小さな口であたしの肌をついばむと、針で刺されているような痛みを感じる。
　人間とは不思議な生き物だ。
　生前の感覚が記憶の中に残っているから、それが今、再現されているのかもしれない。

　蟻たちはしばらくあたしの体を食べていたが、いつの間にかパッタリと来なくなってしまった。
　毎日のように来ていた訪問者がいなくなると、なんだか寂しさを感じる。
　蟻たちはきっと、あたしよりもおいしい食べ物を見つけたのだろう。
　そしてまた朝が来て、夜が来て。
　次第にそれを数えることもしなくなって。
　腐敗をはじめたあたしの体はガスを含んだように膨らみ、その上にモグラが乗るとあらゆる穴から異臭が排出された。
　腐敗していく過程で、体内から何かが発生しているのだろう。
　それからさらに時間が流れたあと、あたしの体の中には何かうごめく虫たちが存在していた。
　それは元からいた虫ではなく、どこからか湧いてきた虫だった。
　虫たちはとても小さく、だけど大量にいる。

いったいどんな虫なのだろうかと思っていたとき、偶然眼球の上をその虫が歩いていた。
　ウジムシ……だ。
　あたしはそれが自分の目玉の隙間から体内へと出入りする姿に、心の中で悲鳴を上げた。
　ここに埋められてからいろいろな虫たちに体を這われ、食べられ、そして住処にされてきた。
　でも、ウジムシを見たのはこれが初めてだった。
　その形状はカブトムシの幼虫にそっくりで、ブヨブヨと柔らかな皮膚を持っている。
　指先でつまんだら潰れるくらい弱い生き物。
　だけどそれは愛らしさとはかけ離れていて、できれば見たくない虫の１つだった。
　どうしてこんなところにウジムシがいるんだろう。
　時々、キッチンとかで、痛んだ野菜にくっついているのを見たことはあるけれど……。
　そこまで考えて、やっと理解できた。
　あたしの体はウジムシが湧くほどに腐っているのだ。
　いったいいつからだろう？
　ニオイがすると感じたのは、もうずいぶん前だ。
　それから気にしていなかったけれど、腐敗はかなり進んでいるようだった。
　あたしは混乱した。
　嗅覚は生きているはずなのに、どうしてニオイに気がつかなかったのかわからなかった。

ウジムシたちは、あたしの鼻の穴や耳の穴を激しく出入りしている。
　そして眼球の隙間からも……。
　と、その瞬間。
　ウジムシたちがあたしの左目の眼球を押し上げたのだ。
　腐った眼球は簡単に外へと飛び出す。
　飛び出した眼球は重力に逆らえずゴロリと転がり、伸びきった筋肉によってかろうじて体と繋ぎとめられていた。
　左目は完全な空洞となり、あたしの視界は少し悪くなった気がした。
　そうか。
　鼻でこれと似たことが起きたから、あたしは嗅覚が弱まっているんだ。
　あたしは自分の腐敗状況が把握できていなかった理由が納得できた。
　でも、だとすれば。
　あたしが見たり聞いたりできるのには、時間が限られているんじゃないだろうか？
　両目とも失って両耳とも塞がれてしまえば、待っているのは完全な闇だ。
　完全な闇が訪れたとき、あたしの思考回路も停止するのだろうか？
　もし、思考回路だけ動き続けたとしたら……？
　そう考えるとゾクリと背筋が寒くなった。
　どうしよう。

朝か夜かもわからない状況で、ずっとずっと意識だけが生き続けたとしたら。
　死ぬに死ねない状態が、永遠に続いたとすれば。
　恐ろしい！
　なんて恐ろしいことなんだろう！
　あたしは慌ててその考えを打ち消した。
　きっと死ねる。
　五感がすべて失われたとき、あたしは死ねるはずだ。
　じゃないとあまりにもひどすぎる。
　今でも十分恐ろしい暗闇にいるというのに、今以上の暗闇になんて行きたくない。
　誰か、早くあたしを見つけて……。

過去のものたち

　恐ろしい闇におびえるあたしは、穴に投げ込まれた過去のことたちに意識を集中させることにした。
　先生と最後に会ったあの日の授業のこと。
　1時限目は数学。
　2時限目は体育。
　3時限目は地理。
　4時限目は選択授業の美術。
　5時限目は漢文。
　6時限目は物理。
　うん。
　たしかそんな感じだったはず。
　1時限目の数学の先生はいつもプリントを使う先生だ。
　だからカバンの中には、そのときに使ったプリントが入っていると思う。
　あの日、あたしはプリントを解くことができなかった。
　妊娠したことをいつ先生に話せばいいか、そのことが気がかりだったから。
　だけど問題は理解できていた。
　集中すれば簡単に解ける問題だった。
　結果的に、授業後半での採点であまりにも点数が低く、手抜きをしたのだろうと先生に怒られてしまったけれど。
　そう、そのときにメイが『どんまい！』と言って、あた

しの背中を叩いてくれたんだっけ。

　教卓から机に戻る途中だったから、こけそうになってビックリしたんだよね。

　あたしは久しぶりにメイのことを思い出し、楽しい気分になった。

　メイ、元気にしているかな？

　あたしがいなくなって家族と同じくらい心配しているのは、きっとメイだろう。

　できることなら、今すぐスマホの電源を入れてメイに連絡したい。

「大丈夫だよ！　心配しないで！」って。

　でも、メイのことだからそんなことを言ってもきっと心配するだろうね。

　いつもあたしと一緒にいてくれて、あたしのことを気にかけてくれて。

　王子様っていうのは、メイのことを言うのだと本当に思っているよ。

　メイが男の子だったら、あたしはきっとメイを好きになっていた。

　先生になんてなびかなかった。

　でも、メイが男の子だったら余計に女の子からモテちゃうから、あたしになんて見向きもしなくなるのかな？

　そうなったら、少し寂しいな。

　それからあたしは、心の中で男になったメイを想像してみた。

男子生徒と同じ制服で自転車に乗っているメイ。
　想像の中のメイはすごく男らしくて、思わず胸がキュンとなった。
　そんなことをメイに伝えたら、メイはきっと大きな声で笑ってくれるだろう。
　メイに会いたい。
　お父さんやお母さんにも会いたい……。

　それからまた月日は流れていった。
　死んだあとのことはよく知らないが、きっと皮膚の色も黒ずんできているのではないだろうか。
　ここが暗闇でその様子が見えないことが、唯一の救いだと感じた。
　それでなくとも、日に日に自分が自分でなくなっていくのがわかる。
　自分という人間の形状が変化していくのは、なんとなく奇妙な感じだった。
　生きていたころは、きれいになりたい、かわいくなりたいと毎日のように手をかけていた体や顔。
　それらが何もしなくてもどんどん崩れていくのだ。
　手を抜けば老けてしまう。
　なんてレベルの話ではない。
　あたしは過去の自分を思い出し、時々ため息をつくようになっていた。
　飛び抜けてかわいいわけではなかったけれど、今に比べ

ればずいぶんとマシな姿をしていた。
　当時は自分の容姿に自信なんてなくて、それほど前に出ていけるような性格もしていなかった。
　だけど、こんなことになるならもう少し積極的に生きてみてもよかったのかもしれない。
　クラス内の華やかな集団に混じり、談笑してみてもよかったかもしれない。
　メイと一緒にいられるだけであたしは満足し、いろいろなことに手を出そうとしてこなかった。
　あたしはメイの隣にいればそれでいい。
　そうして、主役にもなれず脇役に徹してきた気がする。
　まだまだ先は長く、高校生活も続いていく。
　だから焦ってなんていなかった。
　大好きな美術の授業でも、自分よりも上手な人がいれば自分の作品をそっちのけにして褒めていた。
　これからまだまだ描く時間はある。
　ゆっくりでも自分のペースで進んでいこう。
　そう思ってカンバスに向かっていたからだ。
　それが現実はどうだろう？
　あたしに残されていた時間なんて、ごくわずかなものだった。
　みんなだって、『いつ死ぬかわからない日々』を送っている。
　頭ではそう理解して生活してきたつもりだったけれど、本当はなんにも理解なんてしていなかった。

自分が明日死ぬなんて、今日死ぬなんて、1分後に死ぬなんて。
　誰も考えていないことだった。

　あたしは土の中で1人ぼっちになってから、描いていた途中の作品が気になっていた。
　学校から少し歩いた場所にある川の様子を、水彩画で描いている途中だったのだ。
　普段、何気なく通り過ぎている川辺に座り、まじまじとその風景を見ているとなんだか心の中が温かくなるのを感じた。
　太陽に照らされて水面は輝き、背の高い木々が川辺に木陰を作っている。
　体の中を駆け巡っている血が沸き立つのを感じる。
　描きたい。
　この場所を描きたい。
　そう思った瞬間、あたしは学校へ向けて走り出していた。
　スケッチブックを取りにいくのだ。
　走って学校へ戻ろうとしたあたしだけれど、途中であることを思い出して足を止めた。
　自分のお腹を見つめ、そこに手を当てる。
　このとき、あたしはまだ病院へは行っていなかった。
　だから生理が遅れている理由も知らなかった。
　でも、女性にとって生理が止まるということは、健康を害していたり子どもができていたりと体の重要なサインと

なる。
『まさか……ねぇ……』
　１人で呟いて少しだけ笑ってみる。
　普段から生理が遅れることはよくあった。
　だから考えすぎかもしれなかった。
　でも、万が一というときのことを考えて、あたしはゆっくりと学校へ向かうことにしたのだった。

　いったん学校へ戻って美術室から道具を持ち出したあたしは、再び川辺に戻ってきていた。
　川の流れは穏やかで、透明な水の中には小魚が見える。
　あたしは周囲を歩き回り、一番描きたいと思う場所を選んだ。
　一度場所を決めてしまうと、そこに座って無心にペンを走らせるだけだ。
　この時間があたしはとても好きだった。
　まるでペンに命があるように、スラスラと勝手に腕が動いていく。
　自分の意思で描いているというよりも、勝手にできあがっていくと形容したほうがふさわしいかもしれない。
　その間あたしはジッと景色を見つめ、一心不乱にスケッチブックへ向かう。

　時間はあっという間に過ぎていき、気がつけば太陽の向きが変わっていた。

あたしは空を見上げ、オレンジ色の雲にそっと息を吐き出した。
　集中して描きはじめると自然と肩に力が入り、歯を食いしばってしまうのがあたしの悪い癖だ。
　息を吐き出すと同時に全身の力を抜き、あたしはほほ笑んだ。
　楽しい。
　素直にそう感じることができる。
　できるならずっとずっと描き続けていたいと思う。
　しかしそれはあまりに我儘な思いで、あたしはようやく立ち上がった。
　ずっと同じ体勢で描いていたため、体のあちこちが痛い。
　あたし、人よりも少し早くおばあちゃんになっちゃうんじゃないかな？
　なんて、学校までの帰り道に考えた。
　そのときの絵は、半分ほど色が塗られた状態で美術室に置かれている。
　あの絵を完成できないまま死んだのは、少しばかり悔しいと感じた。
　暗闇の中、あたしはあの絵を鮮明に思い出し、心の中で筆を握った。
　透明な水面から見える小魚に色を塗る。
　一見黒い背中に見えるけれど、太陽の光によってそれはいろいろな色に変化していた。
　赤だったり青だったり、木々の葉が映り込んで緑色だっ

たりする。
　あたしは何回かに分けて慎重に色を塗り重ね、小魚たちに命を吹き込んだ。
　次は川辺の緑だ。
　春になって元気よく伸びた草花たちを色づけていく。
　太陽の光をめいっぱい浴びて、堂々とした姿勢でそこに生きている植物たち。
　心の中で描きながらあたしはふと思った。
　さっきからあたし、太陽の光ばかりを意識している。
　こんなに暗い中にいるから、きっとお日様に当たりたくて仕方なかったんだろう。
　自分でも気づいていなかった深層心理を、絵を通して理解させられる。
　だから絵は好きだ。
　人間のすべてを映す鏡、と言うにふさわしい。
　あたしは生きていたころ同然に心の中で絵を描いた。
　力など入らないのに肩に力を入れ、食いしばることのできない歯を食いしばっていた。
　それは本当に夢中になれる時間で、気がつけば自分の体は一見してわかるほど腐敗をはじめていた。
　少し重たい地中動物が歩くと、簡単に溶け落ちてしまうようになっていた。
　いよいよ、体の形が失われつつあった。
　土の重みが腐敗しきった皮膚を圧迫し、そこから骨が見えている。

骨は真っ白かと思いきや、肉や血によって少しピンク色に見えた。
　頬骨がむき出しになり、残っていた右目がこぼれ落ちるのがわかった。
　……闇だった。
　両目を失ったあたしに訪れたのは、さらなる深い闇。
　光など届かない土の中で少しだけ見えていたものも、もう見えなくなってしまった。
　あたしの顔には大きなクボミが2つあるだけ。
　その中はただの空洞だった。
　鼻の肉も崩れ落ち、そこにも小さな穴がポッカリと開いているだけだった。
　今、鏡を突きつけられてその姿を見ることになれば、きっとあたしは絶叫していただろう。

変化

　変化は土の中にも訪れた。
　骨に当たる土がいつもより硬く、まるで緊張して体をこわばらせているように感じる。
　いろいろな地上の動物たちが土の中にもぐり込んできて、あたしの体の上に座って眠りに落ちた。
　冬が来たのだ。
　あたしが埋められたのは夏が来る前だった。
　あれから何カ月も経過していたことになり、あたしは少し驚いていた。
　土の中にいると時間の感覚はなくなってしまうけれど、こんなに長い間ここにいるとは思わなかった。
　最近は心の中でずっと絵を描いていて、そのせいで余計に時間が早く過ぎていくのだろう。
　それにしても……と、あたしは思う。
　本当に助けが来ない。
　あたしがいなくなって何カ月も経過しているのだから、さすがに警察は動いているだろう。
　だけど、まだ見つけられずにいる。
　あたしはため息をつきたい気分だった。
　こんなことになるなら、先生と付き合っていることをメイに話しておくべきだった。
　男性と付き合っているなんて浮いた話、あたしには縁の

ないことだった。
　だから、家や学校で聞き込みをしても男性が関係しているとは、誰も思っていないのかもしれない。
　それはそれで、少し腹が立つ。
　あたしだって好きな人くらいはいたし、その人の話をクラスメート同士で照れながら話したこともある。
　まぁ、ただそれだけだったけど。
　クラス内で先生とあたしの関係を疑っているような生徒は、きっと1人もいなかっただろう。

　それから、また時間は経過した。
　あたしの体はとうとう骨だけになったらしく、そうするとなぜだか一度見えなくなったものが見えはじめていた。
　それは不思議な現象だった。
　視覚も嗅覚も感覚も、生前のままなのだ。
　ただ、骨になってしまったあたしはやっぱり動くことができず、ただそこに埋まっているだけだった。
　死んだ人間にこんなことが起きているなんて、信じられる話ではなかった。
　これはきっと神様のイタズラなのだろう。
　いつまでも埋められてとうとう骨になってしまったあたしを見て、神様がちょっとしたプレゼントをくれた。
　そう思うことにした。
　視覚や嗅覚があっても、いいことばかりではなかった。
　最初に感じていた土のニオイを、再び強烈に感じること

になったのだ。
　よくこんな場所に何カ月もいられたものだと、自分で自分に感心してしまうくらいだ。
　ただどんなに臭くても、ここから動けないのだから仕方がない。
　あたしは、その異臭を我慢するしかなかった。
　骨になってまた月日は流れた。
　土の中で眠っていたカエルやヘビたちが、一斉に動き出したのだ。
　あたしも外の気温が上がっていくのを理解していた。
　皮膚も眼球も鼻も、すべて腐ってしまっているのに理解できるなんて、とてもおかしな話だ。
　しかし、冬の間に感覚が戻らなくてよかった。
　とも思う。
　冬の寒さを肌で感じなければいけない状況になっていたとすれば、それは試練とも言えただろう。
　土の中でずっと寒さに耐えて過ごす日々は、考えただけでも鳥肌が立った。
　そうならなかったことに安堵しながらも、あたしはこれからどうすればいいのだろうかと考えた。
　感覚が戻ったということは、これから何かしら変化が訪れるのではないだろうか？
　その変化がなんなのか、あたしにはまだわからない。
　いい変化なのか、悪い変化なのかも検討がつかなかった。
　それとも、ただ感覚が戻っただけで何も変わらないのだ

ろうか?
　神様が気まぐれで遊んだだけ。
　ということもあるかもしれない。
　だとすれば、あたしは感覚を取り戻した状態で以前と変わらず土の中に居続けることになる。
　変わらないのだから懸念をいだく必要もない。
　でも、感覚が戻った今、虫が骨の上を歩くことでさえ非常に不愉快に感じてしまう。
　今まで眼球の上を歩かれたってそんなに嫌な気にはならなかったのに、明らかに嫌悪感が増しているのだ。
　これでも次第に慣れてくるのだろうけれど、慣れるまでのことを考えると気分が重たくなった。
　あたしは土の中を見回し、どんな小さな虫がいても敏感に見つけるようになっていた。
　そして心の中で思う。
　お願い、こっちへ来ないで。
　あたしの血肉はすでに腐り果ててしまった。
　あるのは骨と、ボロボロになった衣類だけ。
　あなたたちの食料と呼べるものは何もない。
　心の中でそう話しかけても虫には通じない。
　あたしの思いはむなしく空回りし、虫たちは容赦なくあたしの上を這っていった。
　4本足の虫はまだいい。
　少しくすぐったさを感じる程度だ。
　でも、ミミズは最悪だった。

あたしの上を、長い体をくねらせながらズルズルと這っていく。
　くすぐったさもあるのだが、その体はネットリとしてとても気持ちが悪かった。
　そんなミミズはゆっくりゆっくりとあたしの体を動き、時に骨の上で歩みを止めた。
　まるでそこで休憩しているかのようだった。
　そんなとき、あたしは視線をミミズへと向け、シッシッと追い払うような意識をしていた。
　もちろん、それが通じたことは一度もないけれど。
　そんな日々がまた数日間続き、空気がずいぶんと暖かくなってきた。
　春が終わりに近づき、初夏が近いのかもしれない。
　そういえば外の虫の音にも変化が見られはじめていた。
　春に入ったころは虫の羽音がよく聞こえていたけれど、今はそれよりもセミの鳴き声のほうが聞こえてくる。
　まだそんなに数は多くないのか時々思い出したように鳴く程度だけれど、それでも夏が近いということはよく理解できた。
　あたしが死んでから1年以上がたった。
　ということだ。

3章

一軒家

　ジットリと肌に張りつくような暑さを感じる梅雨を抜けて、セミの鳴き声はせわしない。

　7日間という短い期間でパートナーを見つけるため、みな必死に演奏をしているかのようだ。

　そんなセミの声に耳を傾けながら、あたしは土の中の虫たちを見ていた。

　最近になって虫たちも活発に動き回るようになった。

　夏のうちに地上へ出て、餌を取らなければいけない種類の虫もいるからだ。

　でないと冬の間に命が尽きてしまうから。

　あたしはよく働く虫たちを見ながら、ほほ笑ましい気分になっていた。

　自然界の生き方を目の当たりにしていると思う。

　こんなに健気に一生懸命働いているなんて、生きていたころには気づきもしなかった。

　虫や動物は自分の命を繋ぐために、毎日毎日努力をしている。

　そのことを死んでから気づかされるなんて、なんて情けないんだろう。

　それほど、あたしは毎日をなんとなく過ごしていたことになる。

　虫や動物たちは、自分たちの命が今尽きてしまうかもし

れない。
　ということを知っていて生きているのかもしれない。
　死ぬかもしれないから、1秒1秒を頑張れているのかもしれない。
　そんな虫たちがあたしの上で歩みを止めて少し休憩していたら、あたしはすごくうれしい気持ちになった。
　骨になったあたしでも、まだ虫の役に立っているのだと思えた。
　どうぞ、ゆっくり休憩していって。
　ずっと働き続けて疲れているでしょう？
　あんなに嫌だったミミズが相手でも、そう思えるようになっていた。
　そして虫たちはまた動き出す。
　あたしはそれを優しく見送る。
　ごめんね、あたしはここから動けないから、あなたたちを手伝うことはできないの。
　心の中でそう言って。

　それは、ある日突然訪れた。
　いつものように虫たちはせっせと働き、いつものようにあたしは虫たちの休憩所になっていたときのこと。
　聞き慣れない車の音が聞こえてきて、あたしは耳を澄ませた。
　この近くを通る車はいつも同じだ。
　数台の車の通勤でしか使われていないみたいだから、最

初のころにすぐに覚えることができた。
　でも、今日は違ったのだ。
　それは今までここにいて初めての出来事で、あたしは緊張を隠せなかった。
　車は、あたしが埋められている場所のすぐ近くに停車した。
　エンジン音が途絶え、車のドアが開く音がする。
　ドアが開いて閉じる回数は3回だ。
　ということは、3人もの人間がこの付近に降り立ったということになる。
　その事実にあたしの緊張感はさらに増していた。
　諦めていた希望が、ふつふつと湧き上がってくるのを感じる。
　1年たって、あたしはようやくここから救出されるのではないだろうか。
　ようやく成仏というものができるのではないだろうか。
　そう思うと、表現しがたい感情に襲われた。
　うれしさ、喜び、そしてほんの少しの寂しさ。
　ここから出して。
　早く出して。
　足音はどんどんこちらへ近づいてくる。
　間違いない。
　きっと警察と両親があたしを探しに来てくれたんだ！
　足音は3人分。
　警察の人と両親の足音。

あたしはそう信じて疑わなかった。
　やっとここから出られる。
　やっと土の外に行ける。
　こんな姿になってしまったあたしを、両親は悲しく思うだろう。
　そう思うと、あたしの心もチクリと痛んだ。
　だけど仕方がない。
　こうなってしまったんだもの。
　もう時間は戻せない。
　両親を傷つけてしまう。
　その覚悟ができたとき、あたしの真上で足音が止まった。
　3人が同時に立ち止まったのだ。
　あたしは、はやる気持ちを抑えきれない。
　ここよ！
　お父さん、お母さん！
　あたしはここにいる！！
　一生懸命、話しかける。
　お父さんとお母さんになら、きっとあたしの気持ちは通じるはず。
　そう思い、何度も何度も心の中で呼びかけた。
　でも……。
「いいところね」
　聞こえてきたその声に、あたしの思考回路は止まった。
　それは聞き慣れない若い女性の声だった。
「あぁ。広さも十分だな」

その女性の声に同意するように、若い男性が返事をしている。
「この土地は少し奥まった場所にあるので価格もお安いです。しかし日当たりもよく、車を持っていらっしゃるお2人なら生活に不便はないと思いますよ」
　2人の間に割って入るように、中年男性の声がする。
　何？
　どういうこと？
　いったい、なんの話をしているの？
　あなたたちは……誰？
　あたしの真上で繰り広げられている会話に、あたしは混乱しはじめる。
　警察じゃなかった。
　お父さんでもお母さんでもなかった。
　じゃあ、どうしてここへ来たの？
　あたしを助けるためじゃないの？
「ねぇ、ここに決めようよ、あたしたちの家」
「あぁ。妻も気に入ってくれたようだし、この土地を買うことにするか」
　この土地を……買う？
　あたしはさらに混乱していた。
　この人たちはこの土地を買って、ここに家を建てるつもりだ。
　あたしが、ここに、いるのに……！
　サッと血の気が引いていく感じがした。

呼吸なんてしていないのに、過呼吸になったようにひどく苦しい。
　言葉にはならない悲しみが湧いてくる。
　あたしの上に、家が建つ。
　あたしの上に、家が建つ。
　あたしの上に、家が建つ。
　あたしの上に、家が建つ。
　あたしの上に、家が建つ。
　あたしの上に、家が建つ！！
　あああああああああああああああああああっ！！
　叫べたら、どれだけ救われただろうか。

憎しみ

　家が建つ話が決まってから工事がはじまるまで、あっという間だった。
　人が頻繁に土の上を歩き、難しい話をしているのが聞こえてくる。
　そのたびにあたしは祈った。
　あたしを見つけて。
　あたしはここにいる。
　けれどその思いは届かなかった。
　人が来ては願い、気づかれずに去っていけばその人物を恨んだ。
　こんなにたくさんの人間が、毎日のようにあたしの上を歩き回っている。
　なのに、どうして誰もあたしを見つけてくれないのだろう。
　あなたたちは、あたしの体の上を歩いている。
　それなのに、あたしを救ってはくれない。
　毎日繰り返されるようになった憎しみは、徐々に膨らんでいくことになった。
　工事に必要な道具が運び込まれ、重機が行き来する。
　あたしに気づかずにここで工事をする人間も、あたしに気づかずにここに家を建てようとしているあの夫婦も、みんな死んでしまえばいいんだ！

心の底から、本気でそう思った。
　罪悪感なんてない。
　あんな奴らは、憎まれても当然だと思った。
　あたしと同じ目にあってみればいい。
　ずっとずっと……土の中で助けられるのを待ち続ければいい。
　少しの希望は打ち砕かれ、あたしの上で幸せに暮らそうとしている人間がいる。
　そんなの……あたしは絶対に許さない‼
　今までで一番強くそう願った。
　生きていたころも、死んでからも、こんなにも強く何かを願ったことなんてなかった。
　腹の底から湧き上がってくるどす黒い感情は、止めることがなかった。
　爆発した火山のように熱を帯びてドロドロと溶け出し、周囲をすべて灰に変えてしまう。
　そんな力があった。
　その直後、ドンッ‼と大きな音が地上から聞こえてきたかと思えば、次の瞬間、土の上が慌ただしくなった。
「大丈夫か⁉」
「おい！　三村と菊池が機材の下敷きになってる！」
「早く助けろ！」
　そんな怒鳴り声があちこちから聞こえてくる。
　いったい何が起こったのだろうか？
　土の中で、あたしはぼんやりとそう思っていた。

結局、三村流輝斗という男性と菊池零という男性はそのまま亡くなってしまったらしい。
　事故が起きてから数日後、ここへ戻ってきた人たちの会話でそれがわかった。
　その死にざまは悲惨で、横転したクレーンが２人の体を押し潰すようにして亡くなったのだそうだ。
　２人は大切な臓器を機械に押し潰され、ほぼ即死の状態だったのだ。
　あのとき工事現場の人が一生懸命声をかけていたけれど、それも２人の耳には届いていなかったということだ。
　あるいは、あたしのように意識はまだあったかもしれないが、おそらくその可能性は低いだろう。
　２人はしっかりと供養されたはずだから。

　憎しみというのは本人がどんなに隠していても、体の内側から滲み出てきてしまうものである。
　人を嫌うのはよくないことだ。
　人を妬むのもよくないことだ。
　そんな当然とも呼べることが、じつはとても難しい。
　小さなころから人は人として生きていくために、まずはいいことと悪いことを学ぶ必要があった。
　言葉を覚えるよりも先に、つかまり立ちをするよりも先に、いいこと悪いことを教え込まれていたはずだった。
　それなのに、それができない人間はたくさんいた。
　故意に人に危害を加えなくとも、誰かを傷つけてやりた

いと感じたことならあるだろう。
　テストで自分よりもいい点数を取った友人に、嫉妬を感じるときもあるだろう。
　でも、それらは大抵の場合、学んできた道徳によって説き伏せられていた。
　醜い感情をそのまま表に出すことはなく、自分の中で消化し、そしていつもと変わらぬふうにふるまうことができていた。
　けれど、今のあたしはどうだろう？
　一度さらけ出された憎しみという感情を、止めてくれる人はいない。
　また、憎しみを止めなければいけない環境でもなかった。
　ここに法律は存在しない。
　ここに日常は存在しない。
　ここに道徳は存在しない。
　それゆえに、あたしの憎しみは悪い方向へと進みはじめていた。
　なぜか気分がスッキリしているのを感じながら……。

過去の憎しみ

　家が建つという今の憎しみが、嫌な過去を思い出すきっかけになったのだろう。
　あたしは土の中に埋められてから、初めて小学校時代の出来事を思い出していた。
　それは、あたしが小学校5年生のころだった。
　学校にも慣れて特定の友達もできて、勉強もそこそこできて。
　自分がクラスで浮いている存在だとは思わなかった。
　あらゆることを人並みにこなせたし、友達とも仲よくできていた。
　少なくとも、あたし自身ではそう思って小学校生活を送っていた。
　でも、いつの間にか友人との間に亀裂が入っていた。
　その亀裂の存在に、あたしは気がつかなかった。
　もっと早くにその存在に気がついていれば、きっと事態は変わっていただろう。
　だけどあたしは気がつかなかった。
　鈍感だった。
　だから、あんなことが起こったんだ。
　あたしが通っていた小学校は、大きな通りに面した場所に建っていた。
　昔からこの街にある小学校で、老朽化も進んでいる。

そんな学校の廊下をあたしは１人で歩いていた。
　足元は靴下だけで、上履きは履いていない。
　ついさっき登校して自分の下駄箱を見てみたら、上履きがなくなっていたのだ。
　昨日、間違えて持って帰ってしまったのだろうか？
　一瞬そう思った。
　でも、そんなはずはない。
　今日は登校日だから、わざわざ持って帰ったりなんかしない。
　ひどく汚れてしまったりすればいったん家に持って帰って洗ったりもするけれど、昨日は上履きが汚れるようなことはしなかった。
　疑問に感じながらも、あたしは靴下のまま校内を歩いた。
　生徒たちが毎日掃除をしている廊下はよく滑って、２階の５年３組に到着するまでに何度も滑って転びそうになってしまった。
　それでもなんとか教室までたどりつき、その扉を開ける。
「おはよ」
　教室に入ってすぐに友人数人の姿があり、あたしはそう声をかけた。
　いつもすぐに挨拶を返してくれる友人たちは、チラリとあたしのほうを見て、そしてクスクスと笑った。
　どうしたんだろう？
　そう思いながらも、馴れたメンバーにゆっくりと近づいていくあたし。

「ねぇ、今日、上履きがなくってさぁ」

　ブツブツと文句を言いながら彼女たちに近づき、そして言葉を失った。

　メンバーの中のリーダー的な存在の女子生徒が、あたしの上履きを持っていたのだ。

　彼女の手にあるそれはカッターかハサミのようなもので切り刻まれており、無残な形になっている。

　とくに、マジックで名前を書いているその箇所だけ、名前が読めなくなるほどに切られているのだ。

　その状況からあたしへの憎悪が感じ取られ、あたしは一歩後退した。

『どうしてそんなことをするの？』

　そう聞きたいのに、喉が張りついて声が出てこない。

　彼女を囲んで座っている子たちは含み笑いをして、あたしを見ていた。

　昨日まで続いていたなんでもない毎日が、一瞬にして消え去っていくのがわかる。

　彼女たちから発せられるマイナスの空気に逆らうことができない。

　１日にして自分が生きている世界が変わるということは、実際に起こることなのだと、このときに知った。

　あたしはまるで檻の中に入れられて芸をさせられている、動物になったようだった。

　あなたは今日からここであたしたちを楽しませるのよ。

　そう、言われているような気がした。

そしてそれは、あたしの中では死刑宣告に近い状況でもあった。
　今まで一緒にいた友人たちが全員揃って、あたしの敵になったのだ。
　ここにはあたしの味方は誰ひとりとしていない。
　そう理解すると同時に、全身の力が抜けていくのがわかった。
　今まで仲よくしてきたのはなんだったんだろう。
　一緒に遊んだのはなんだったんだろう。
　誕生日プレゼントを交換したのは？
　秘密のおしゃべりをしたのは？
　彼女たちにとって、それはいとも簡単に捨てられる過去だったのだろうか。
　あたしは混乱する。
　立っていることも困難で、グッと両足で地面を踏みしめていた。
　そのとき、あたしの上履きを持った彼女が音もなくスッと立ち上がった。
　とっさに身がまえるあたし。
　心臓は止まりそうなくらいに緊張している。
「返してあげる」
　彼女はそう言い、あたしにボロボロの上履きを投げてよこした。
　上履きはあたしの腹部に当たり、そのまま床へ落下する。
　あたしは嫌な汗をかきながら、ゆっくりとその上履きに

視線を落とした。

　無残に破壊された上履きは、これからの自分を示しているかのように見えて全身が震えた。
「返してくれたんだから、履けば？」
　取り巻きの１人がそう言い、あたしは思わずビクッと肩を震わせた。
　ゆっくりと顔を上げると、そこにはニヤニヤと粘ついた笑みを見せる昨日までの友人たちがいた。
「ほら、早く」
　友人の中では一番かわいいツインテールの子が言う。
「履けよ」
　スポーツが得意で、体育の授業を何度もフォローしてくれた子が言う。
「もたもたすんな！」
　小柄で華奢な子が、あたしに丸めたティッシュを投げつけた。
　あたしは歯を噛みしめた。
　誰か、誰か来て。
　今ここで誰かが教室に入ってきてくれたら、きっと彼女たちの悪ふざけは終わるだろう。
　できれば先生がいい。
　担任の先生は男の先生でとっても怖いんだ。
　だから、こんな場面を見ればきっとこの子たちを怒ってくれるだろう。
　でも……。

こんなときに限って、誰も教室に入ってくる気配はなかった。
　あたしが呆然と立ち尽くして動けずにいると、彼女たちはさらに暴言を吐きかけた。
「早くしろ！」
「ボーッとしてバカみたい」
「ボロボロの靴のほうがお似合いだよ？」
　好き勝手に言い続ける彼女たちに、あたしは何も言い返すことができない。
　悔しいのに。
　言い返したいのに。
　1人檻に入れられた見世物のあたしは、何もできない。
　再び視線を上履きへと移す。
　ダメ。
　言うことを聞いてはダメ。
　言いなりになると、きっとエスカレートする。
　頭では理解していた。
　でも、体はゆっくりと動きはじめていた。
　左右バラバラになった上履きを直し、自分の前に並べていた。
　これで許してくれるなら、このくらいのことはしてあげればいい。
　本当に？
　本当にこれで彼女たちはあたしを許すと思う？
　ううん。

あたし、彼女たちに許されなければいけないようなこと、何か……したっけ？
　疑問が頭の中を駆け巡る中、あたしは右足をボロボロの上履きに突っ込んだ。
　そして、左足も。
　その滑稽なあたしの姿に、彼女たちは一斉に笑いはじめた。
　あたしを指さして、あたしを見て、あたしをバカにして。
　悔しくて悔しくて悔しくて。
　ジワリと涙が浮かんできた。
　きっとあたしの顔は真っ赤になっていただろう。
　それを見て、また彼女たちは笑った。
　お腹をかかえてひとしきり笑ったあと、リーダーの彼女はあたしにスリッパを差し出してきた。
　来客用の茶色いスリッパだ。
　これに履き替えろ。
　ということらしい。
　あたしも、ボロボロの上履きを履いたままなんて嫌だった。
　だから、彼女の差し出したスリッパを素直に受け取った。
　でも、それは彼女の優しさなどではなかった。
　あたしがスリッパへ履き替え、彼女があたしの上履きを隠したタイミングで教室の扉が開いたのだ。
　一斉にそちらへ視線が向かう。
　入ってきたのはクラスメートの男子だった。

背が高くて優しくて女子に人気な子だった。
「よぉ、おはよ」
「おはよう、神田くん」
　彼女がうれしそうに神田くんに駆け寄る。
　あぁ、そうか。
　神田くんに今の様子を見られたくなかったから、彼女はスリッパを出してくれたんだ。
『ごめんね、ちょっとした冗談だったんだよ』
　そう言って笑ってくれるかな、と思っていた自分が情けなかった。
「あれ？　上履きは？」
　神田くんがあたしの隣を通り過ぎる瞬間、不思議そうにそう聞いてきた。
　ハッとしてあたしは神田くんを見る。
　神田くんは不思議そうな顔をしてあたしを見ている。
「……っ！」
　言いたい。
　さっきまでの出来事をすべて言ってしまいたい。
　証拠の上履きは、彼女の机の中に隠されている。
　あれを引っ張り出して『見て！　ひどいんだよ！』と、言いたかった。
　でも、あたしが声を発するよりも先に彼女が口を開いていた。
「今日上履きを忘れてきちゃったんだって。だから、あたしが来客用のスリッパを取ってきてあげたの」

スラリと。

彼女は当たり前のようにそう言った。

あたしは、あ然として彼女を見る。

彼女はあたしなんて視界に入っていない様子で、神田くんと夢中になっておしゃべりをしている。

何、それ。

あなたがあたしの上履きをボロボロに切り刻んだんでしょう?

このスリッパだって、もともと用意周到に準備していたくせに!

心の中で怒鳴り散らす。

けれどその思いが言葉になることはなかった。

あたしのまわりには彼女の取り巻きがいる。

そしてあたしの中には《やっていいこと・悪いこと》の教えが刻まれている。

彼女たちがやったことは《悪いこと》だ。

だからあたしが黙る必要はない。

だけど、人を憎むのも《悪いこと》だ。

結局、あたしはこの日、何も言えず１日をスリッパで過ごすことになったのだった。

それから当然のように、彼女たちの行動はエスカレートしていった。

ものを隠す、ものを壊すことは日常茶飯事。

あたしが他の子と話をしていれば、ワザと間に入ってき

てその子をあたしから引き離す。
　おのずと、あたしはクラスで孤立するようになっていた。
　大人しい性格というわけではなかったあたしだけれど、話す相手がいなければ騒ぐこともできない。
　1人でいるということと、続く嫌がらせに自然と口数は減っていった。
　そんなことが原因だったんだと思う、ある日、担任の先生が出席を取っているとき、あたしの声は彼女たちの笑い声によってかき消されてしまった。
　だからあたしは「はい！」と、大きな声を上げたのだ。
　イジメにあう前のあたしなら、普通に出していた声だった。
　けれど今は違う。
　こんなに大きな声は最近出していなかった。
　だから先生は驚いた顔であたしを見たのだ。
　そして言った。
「なんだ、いたのか」
　と。
　先生のそのひと言が、彼女たちの悪知恵を働かせることになった。
　やがて彼女たちの中であたしは《いるかいないかわからない存在》として位置づけられ、ワザとぶつかられるようになった。
　それは廊下を歩いているとき、掃除時間、体育の授業中。
　あらゆる場面で行われた。

肩がぶつかる程度ならまだよかった。
　体勢さえ保てれば転ぶこともなく、傷つかない。
　だけど、掃除時間や体育の授業ではそうはいかなかった。
　ホウキの柄で脇腹を突かれたり、バレーボールを投げつけられたり。
　服の上からではわからないけれど、あたしの体には青あざがたくさんできていた。
　いったいどうしてこんなことになってしまったのか、あたしには理解できなかった。
　いつの間に彼女たちの機嫌を損ねてしまったのか。
　何がそんなに気に入らなかったのか。
　何もわからない状態で、イジメは続いていた。

　そんなある日、彼女たちは朝から何かをささやき合っていた。
　それはあたしにとって嫌な予感でしかない。
　けれど、彼女たちがいつものようにあたしに何かを仕掛けてくるような気配はなかった。
　足を引っかけられることもないし、ものをなくされることもない。
　こんな日は本当に久しぶりで、あたしは余計に気持ちが落ちつかなくなっていた。
　彼女たちはいったい何を企んでいるのだろう。
　それとも、あたしの思い込みだろうか？
　そのまま時間は過ぎていき、放課後になった。

結局、今日は何もなかった。
　そう思うと肩の力が抜けて、同時に拍子抜けしてしまう。
　ずっと緊張していたのは無駄に終わったわけだ。
　それならこの平和な１日をもっと満喫すればよかった。
　目立つことを遠慮して他のクラスメートたちとも距離を置いていたけれど、積極的に話しかければよかった。
　そう思った。
　けれど、彼女たちはただ何もせずに終わったわけではなかったのだ。
　放課後になり教室を出る。
　真っ直ぐに下駄箱へと向かうあたし。
　そして……靴箱にあたしの靴がないことに気がついた。
　サッと血の気が引いていく。
　彼女たちの粘つくような笑顔が浮かんでは消えていく。
　どこ？
　どこに行ったの？
　あたしは上履きのままあちこちを歩き回り、靴を探す。
　どうしよう。
　ジワリと額に汗が滲む。
　あたしの靴は、昨日、お母さんに買ってもらったばかりだった。
　足のサイズが大きくなり前の靴が窮屈だと言うと、お母さんはうれしそうにしていた。
　そして、すぐにお店に連れていってくれたのだ。
　あたしにとって大切な靴。

それなのに……。
　それが、彼女たちの仕業であることは考えなくてもわかっていた。
　でも、どこに隠されたのかまではわからない。
　しかも、上履きのようにズタズタに切られているかもしれなかった。
　でも、どんな状態になっていてもあれは見つけ出さなければいけなかった。
　履けない状態になっていたとしても、あれを履いて帰らなければいけなかった。
　机の中。
　ゴミ箱の中。
　焼却炉。
　時には背伸びをして棚の上のほうを。
　時には四つん這いになって花壇の中を。
　あたしは学校中を探し回った。

　太陽は徐々に傾きはじめていて、生徒たちの姿はとっくに見えなくなっていた。
　それでもあたしは靴を探し続けていた。
　服はホコリや土やススで黒く汚れ、いろんな場所に首を突っ込んだせいで髪はボサボサになっている。
　それでもあたしは探すことをやめなかった。
　悔しくて悲しくて、何度も涙が頬を流れていった。
　探している間、何人かの先生に会い、靴がなくなったこ

とを伝えると一緒に探してくれると言ってくれた。
　しかし、大人の力を借りても靴は見つからないのだ。
　もしかしたら、彼女はあたしの靴を持って帰ってしまったのかもしれない。
　そうだとすれば、学校中探し回っても見つからないのは当然だった。
　学校にはないのだから。
　下駄箱まで戻ってきてあたしは途方に暮れた。
　先生はあたしのことを心配して、今日は上履きで帰ってもいいと言ってくれていた。
　もう、そうやって帰るしか方法はなさそうだった。
　でも、上履きのまま帰ってお母さんになんて説明をすればいいんだろう？
　靴がなくなったと言えば、誰かに盗られたと考えるのが一番自然だ。
　そうなったとき、あたしがイジメられていることにも気づくだろう。
　そう思うとまた涙が出てきそうだった。
　きっとお母さんはあたしを心配してくれる。
『どうしてイジメられているの？』
　それがわかっていたらイジメられていないよ。
『誰にイジメられているの？』
　それを言ったら、またイジメがエスカレートするかもしれないよ？
　大人は、なんでも話してほしいと言う。

でも子どもには話せないこともたくさんある。
　聞かれたくない。
　バレたくない。
　あたしの中であたしを守るためには何が一番得策なのか、あたしが一番知っていた。
　それは誰にも言わないこと。
　騒がないこと。
　彼女らの前では表情を作らないこと。
　反応を見せなければきっと彼女たちは飽きて、イジメなどやめてしまうんだ。
　だから今はひっそりとしていたい。
　ただそれだけだった。
「あれ？　まだいたのか？」
　そんな声が聞こえてあたしは振り向いた。
「……神田くん……」
　そこに立っていたのは背の高い神田くんだった。
　彼女はきっと神田くんのことが好きなんだ。
　神田くんを前にしたとき、彼女はあたしをイジメなくなる。
　そして目は輝き、口調が女の子らしくなる。
　だから、神田くんはあたしを救ってくれる人でもあった。
　あたしはもともと、神田くんに対して特別な感情を抱いているわけではなかった。
　けれど最近では神田くんがいればイジメられない。
　ということで、少し気になる存在になりつつあった。

そんな神田くんが目の前にいる。
　あたしは自分の中にある、恋愛とも友情とも似つかわしくない感情に戸惑っていた。
「こんな時間まで何していたんだい？」
　神田くんが優しく問いかけてくる。
「あ……神田くんは、何をしていたの？」
　あたしは慌ててそう聞き返した。
「俺？　俺は先生に呼ばれていたんだ」
「先生に……？」
　生徒たちが全員帰ってしまうような時間まで、なんの話をしていたんだろう。
　少し気になったけれど、それが悪い話だとすれば聞かないほうが言い。
　そう思い、あたしは口をつぐんだ。
「堀、靴は？」
　自分の靴を履き替えようとした神田くんが、ふとそう聞いてきた。
「あ……」
　どうしよう。
　なんて言えばいいんだろう。
　困っていると、神田くんが不意にあたしの右手を握りしめてきた。
　突然の出来事に、あたしはビックリして神田くんを見つめる。
「どっか、隠された？」

神田くんが静かに聞いてくる。
　その声に心臓がドクンッと跳ねた。
　彼女は神田くんの前では必死でいい子を演じていたけれど、神田くんはすべて見抜いていたのだ。
　それはあたしにとって、少しだけうれしいことでもあった。
　どうすればいいんだろう。
　隠されたのかという質問に「そうだ」と答えれば、自分はイジメられていますと言っているようなものだ。
　かといって否定すれば、じゃあ靴はどこにあるのかということになる。
　困り果てたあたしは、神田くんに握られている右手を見つめる。
　どうして神田くんはあたしの手を握ったんだろう。
　握られた右手はすごく熱くなっていて、汗が滲んできているのがわかる。
　嫌だな。
　ベタベタするって、気持ち悪がられるかもしれない。
　もう離してほしい。
　そう思うのに、神田くんは握りしめている手にさらに力を込めた。
　逃がさない。
　と言われているような気分だ。
「一緒に探すよ」
「え……っ」

想定外の言葉にあたしは慌てた。
　今だって散々探し回っても、結局は見つけることができなかったのだ。
　今さら神田くんが手伝ってくれても、きっと見つけることはできないだろう。
「だ、大丈夫だよ！」
　そう言い、あたしは神田くんの手を離そうとする。
　けれど神田くんはやっぱりあたしの手を握りしめたまま、離そうとしなかった。
　どうして？
　神田くんは誰にでも優しい。
　けれど、こんな場面をもし彼女たちに見られたら？
　そう思うと胸の奥から恐怖心が湧き起こる。
　あたしなんかが神田くんと仲よくしてはいけない。
　きっと彼女の逆鱗(げきりん)に触れることになる。
「何が大丈夫なんだよ。イジメられているくせに」
　神田くんはあたしを睨むようにしてそう言った。
　ズキリ。
　胸にトゲが刺さる。
　イジメられていることは自覚している。
　でも、それを真正面から他人に言われると嫌でも胸が痛んだ。
　あたしはグッと下唇を噛みしめて、神田くんを睨みつけた。
　その目にはジワリと涙が浮かび、神田くんの顔が歪んで

見えた。
「1人で我慢せずに、ちょっとは他人に頼ればいいんだぞ」
　さっきまで怒ったような顔をしていた神田くんが、不意に表情を和らげた。
　そして空いているほうの手であたしの頭を撫でる。
　それはまるで幼い子にするような撫で方で、少し恥ずかしさを感じた。
「ほら、行くぞ」
　あたしは神田くんに強引に引っ張られるようにして、再び靴を探しはじめたのだった。

記憶が飛ぶ

　結局、あたしの靴を見つけることはできなかった。
　けれど両親が心配して学校まで迎えに来るまで、ずっと一緒に探し続けてくれた神田くん。
　あたしは神田くんにお礼を言って、その日は笑顔で帰ることができた。
　そして、ちゃんと両親にイジメられていることについて話すこともできた。
　両親は心配してくれたけれど、イジメはあたしの問題だから問題がどうしても解決しなければ言いなさい。
　と、優しく肩を抱いてくれた。
　話ができてよかった。
　勝手に質問攻めにされると思っていたあたしはホッと胸を撫で下ろし、そして少しだけ泣いた。
　神田くんが一緒に探してくれたおかげで、自分に素直になることができた。
　明日学校へ行ったら神田くんにお礼を言おう。
　そう思い、ほんの少し温かな気持ちを抱いて眠りについたんだ。
　けれど、神田くんは翌日からパッタリと学校に来なくなった。
　担任の先生の話だと、こっそりと転校していったのだ。
　翌日になってからそのことを知ったあたしは、愕然とし

てしまった。
　あれほど優しくしてくれて、最後の最後まであたしを心配してくれていた神田くん。
　女子に人気があって、あたしをイジメている彼女の好きな人で。
　そんな神田くんは、もうここにいないのだ。
　みんなに悲しまれるのが嫌で、笑顔でいつも通りのお別れをするために黙っていたのだそうだ。
　そんな話を聞いたあたしは昨日の出来事を思い出した。
　放課後、遅くまで職員室に残っていた神田くん。
　そのときっと、先生たちにお別れの挨拶をしていたのだろう。
　どうしてあたしは『職員室で何を話していたの？』と、聞かなかったのだろう。
　もし、あのときそう質問をしていれば……。
　神田くんは転校することを、あたしに話してくれたかもしれない。
　そうすればお見送りに行くことだって、お礼を伝えることだってできたのに。
　そう思うと、悔しかった。
　だけど、神田くんはただあたしたちの前から姿を消してしまっただけではなかった。
　神田くんさえ考えていなかった、思わぬ置き土産をくれたのだ。
　それは彼女の変化だった。

彼女は神田くんがいなくなったその日から、元気を失ってしまった。
　今までクラスに聞こえてきていた笑い声や話し声が、パタリと消えたのだ。
　普段の元気をなくしてしまうくらい、彼女は神田くんが好きだったのだ。
　あたしが神田くんを意識するよりも、ずっとずっと前から神田くんだけを見ていた彼女。
　そんな恋の経験がないあたしには、彼女の辛さを理解することはできなかった。
　辛さを理解できないあたしは、パタッとイジメがやんだことも最初は理解できていなかった。
　神田くんがいなくなった途端、彼女たちはあたしに興味を示さなくなり、こっちがビクビクしていても何も仕掛けてこなくなったのだ。
　それでも、放課後になればまた意地悪をされるかもしれない。
　そう思い、あたしは1日気を抜くことはなく彼女たちの様子をジッと観察していた。
　あたしだけピリピリとした張り詰めた1日を過ごし、そして何事もなく放課後が来た。
　あたしは彼女たちよりも先に下駄箱へ向かおうとして、いち早く教室を出た。
　と、そのときだった。
「美彩ちゃん」

久しぶりに聞いたその呼び方。
　教室を出てすぐの場所で名前を呼ばれたあたしは、その場に立ち止まった。
　そしてまるでヘビに追い詰められたカエルのように、恐る恐る振り向く。
　教室の入り口付近に立っていたのは、ムッとした表情の彼女だった。
　彼女に『美彩ちゃん』と呼ばれるのは、久しぶりなことだった。
　あたしは「はい……」と、かすれた声で返事をした。
「これ」
　彼女はそう言い、カバンの中からあたしの靴を取り出したのだ。
　それは切り刻まれてなんていなくて、きれいなままの状態だった。
　あたしは少し戸惑ったあと、おずおずと自分の靴に手を近づける。
「ごめんね」
「へ……？」
　靴を受け取ると同時に謝罪をしてくる彼女に、あたしはキョトンとしてまばたきを繰り返した。
　まさか謝られるとは思っていなかったので返事をすることもできず、ただ彼女を見つめる。
「もう、イジメたりしないから。イジメても意味ないし」
　ツンとした態度のまま、彼女はそう言ったのだ。

イジメても意味がない？
　それってどういう意味なんだろう？
　あたしはわからず、オロオロと彼女と自分の靴を交互に見つめていた。
　でも、それから本当にイジメはパッタリと収まり、また以前のようにクラスの仲間として受け入れてもらえたのだった。

　イジメられなくなった理由が神田くんが転校したからだと知ったのは、それからしばらくたってからのことだった。
「神田くんがいなくなったからって、どうしてイジメがなくなったの？」
　そう聞くと、メンバーの１人はイジメについて教えてくれた。
　神田くんのことが好きだった彼女は、神田くんがあたしのことを気にしているみたいだと誰かから噂を聞いたのだそうだ。
　神田くんは風邪を引いたあたしを気にしてくれていただけなのに、彼女はそうは思わなかった。
　神田くんはあたしのことが好きなのかもしれないと、恋のライバルとして認識したのだ。
　神田くんはただでさえ女子から人気のある存在だ。
　そんな神田くんが冴えないあたしなんかを好きになって、告白でもされたらどうしよう。
　きっとあたしは神田くんの告白をＯＫするだろう。

そして2人は付き合うことになる。
そこまで考えて、彼女は焦ったのだそうだ。
クラス内でも明るく元気で、メンバー内ではリーダー的な存在だった彼女。
その立場を利用してあたしをイジメてやろうと考えた。
イジメにあっているあたしを見て、神田くんが幻滅すればいい。
イジメを理由にあたしが学校へ来なくなればいい。
そんな思いからはじめたことだったらしい。
でも、神田くんがいなくなった今、あたしをイジメる必要はなくなった、ということだった。
クラスメートから嫌われる理由などなかったあたしは、その話を聞いて脱力してしまった。
すべて彼女の思い込みだったんだ。
神田くんはあたしのことなんて好きじゃなかっただろうし、あたしも神田くんを好きではなかった。
それなのに、ちょっとした勘違いで歯車が狂ってしまったようだ。
すべてを聞き終えたあたしはホッと息を吐き出した。
彼女のことは正直許せないし、許す気にはまだなれない。
でもあたしが彼女に何か悪いことをしてしまったのではないということが、あたしの気持ちを楽にさせたのだ。
よかった。
正直、そう思っていた。
あたしは最低な思い出を振り返り、苦い気持ちが込み上

げてくるのがわかった。
　今考えてみれば、あのイジメは神田くんのせいで起きたといっても過言ではない。
　あたしはあのころ本気で神田くんに感謝していて、お礼が言えなかったことを悔やんでいた。
　でも、違う。
　神田くんが最初からあの学校にいなければ、あたしはイジメにあうこともなかったのだ。

　イジメの期間が短かったから助かったものの、もし神田くんが転校せずに６年間同じ学校に通ったとしたらどうなっていただろうか？
　残りの小学校生活すべてを、イジメに耐えながら過ごすことになったかもしれないのだ。
　考えただけでも、腹の奥から怒りが湧いてくる。
　彼女も、神田くんも、彼女の取り巻きたちも、どうしてあのときあたしは許してしまったのだろうか。
　あたしに非がなかったということで安心して、イジメがなかったことのようにしてしまった。
　でも、あたしはあのとき怒ってもよかったはずだ。
　彼女たちを相手にケンカをしてもよかったはずだ。
　それなのに、あたしは黙っていた。
　元の友達に戻れてよかった。
　なんて、本気で思っていたのだ。
　あたしはなんてバカだったんだろう！

彼女たちに壊されたもの、彼女たちになくされたもの。
　彼女たちに傷つけられた体、彼女たちに傷つけられた心。
　それをどれ１つとして取り返せていないのだ。
　そう思うと、歯ぎしりするほど悔しかった。
　憎かった。
　殺してやりたいとさえ、思う。
　今すぐ土の中から這い出して、あいつらを全員殺してやりたい。
　そしてひどく苦しめながら、ジワジワとその命を奪ってやりたい。
　神田くんだって同じだ。
　彼がいなければあたしはイジメられなかった。
　彼も殺してやりたい。
　そして、当時の先生。
　あたしがイジメられていることに気づくこともなく、火に油を注ぐような発言をしたあいつ。
　あいつのせいで心は傷つき、あたしの体は青あざだらけになったんだ。
　毎日痛くて痛くて痛くて。
　なのに、あいつは何も気がつかなかった。
　ただぼんやりと授業をしているだけで、生徒たちのことなんて何も見ていなかった！
　だからあたしはイジメにあっていたんだ。
　あいつが担任教師じゃなければ、少しは違っていたのかもしれないのに！

あたしの気持ちは強かった。
　あのころのクラス全員の顔を思い浮かべることが安易にできるほど、怒りは頂点へと達していた。
　イジメられていることに気づかなかったあいつ。
　イジメを知っていたのに無視していたあいつ。
　イジメを遠巻きに見て笑っていたあいつ。
　みんな。
　みんな、みんな、みんな、みんな！
　死んでしまえばいいんだ!!

　ふと我に返ると、あたしは土の中にいた。
　あれ？
　あたし今どうしていたんだっけ？
　ここは土の中。
　昨日までと何も変わらない。
　でも、何かがおかしかった。
　憎しみを感じていたはずなのに、一瞬にしてそれが消え去っている。
　今は心がとてもすがすがしい気分だ。
　いったいどうしたんだっけ？
　一部、記憶が抜けているような気もする。
　ずっとここにいて意識しかない状態なのに、記憶が抜けるなんてことあるんだろうか？
　あたしにはわからなかったけれど、小学校時代の醜い感情が消え去ったことで体が軽くなったような気がする。

あたしはまるで温かなお風呂につかっているような、落ちついた気持ちだった。
　小学生のころの記憶は、もう楽しかった出来事しか思い出せない。
　どうしてあたしは、あんなにもクラスメートたちを憎んでいたのだろう。
　少し感情が暴走してしまったのかもしれない。
　ずっと、こんなところにいるんだもの。
　そんなことがあっても不思議じゃない。
　そう思い、鼻歌を歌いたい気分だった。

幸せだったころのあたし

　土の中に気持ちを置いていても、見えているのは真っ暗な闇ばかりだった。
　闇の中にはいくつもの思い出が浮かんできて、そこはまるで黒いスクリーンのように見えていた。
　あれはたしか、あたしが中学校に入学したときのことだった。
　そのころにはすっかり友人関係も元通りになっていたあたしは、毎日を幸せに過ごしていた。
　たくさんの友人に囲まれ、その中に新しい友人もできていた。
　親友であるメイと出会ったのも、中学に入学してからのことだった。
　中学時代から背が高く、美人だったメイはとても目立つ生徒だった。
　入学直後からすごくモテている女子生徒がいると噂になり、メイの周囲にはいつも人だかりができていた。
　もともと目立つタイプではないあたしは、クラスが違うこともあり、積極的にメイに話しかけることはできなかった。
　ただ遠くから、なんだかすごい子がいるんだなぁと思っていた程度だった。
　そんなメイから声をかけられたのは、放課後になり、部

活動に行くまでの廊下だった。
　中学時代から美術部に入部していたあたしは、その日、部活のメンバーに配るための画用紙を運んでいた。
　段ボール箱いっぱいに入れられた画用紙を四苦八苦して運んでいたとき、体操着姿のメイが廊下を歩いてきたのだ。
　メイを見た瞬間、心の中で「あ……」と、呟いた。
　あの有名人が目の前から歩いてくる。
　自分とは関係がない人。
　面識もない人。
　それなのに、学校の有名人だというだけであたしは緊張してしまっていた。
　歩き方がぎこちなくなり、足が絡まる。
　あ！
　と、思った瞬間にはもう遅かった。
　あたしは重たい箱を廊下に落としてしまっていたのだ。
　幸い、あたし自身はその場で踏ん張って耐えたから、こけることはなかった。
　白い画用紙が散らばった廊下を見て、あたしは深くため息を吐き出した。
　やってしまった。
　真っ白な画用紙が汚れてしまったかもしれない。
　憂鬱な気分になりながら、画用紙を拾うためにしゃがみ込んだ。
　そのときだった。
「大丈夫？」

メイが同じようにしゃがみ込んで画用紙に手を伸ばし、そう聞いてきたのだ。
　心臓がドクンッと跳ねた。
　まさか、メイのほうから声をかけてくれるとは思っていなかった。
　でも、この状況なら助けざるを得ないのかもしれない。
　そう思うと、今度は申し訳ない気持ちになった。
　メイだって部活があるのに、手を煩わせるわけにはいかない。
「だ、大丈夫だよ！」
　あたしはできるだけ明るく、笑顔で言った。
「こんなに重たそうな段ボールを１人で運ぶの？」
　画用紙を拾いながらメイはそう聞いてきた。
　あたしは「う、うん」と、曖昧に頷く。
「それってひどいね。大丈夫？」
　メイが心配そうな瞳をあたしへ向けてくる。
　それが何を意味しているのか理解して、あたしは慌てて左右に首を振った。
「あ、美術部はね。毎日交代で先生の手伝いをするんだよ。これよりも、もっと重たい石膏像(せっこう)を運ぶ子もいるよ！」
　それは嘘ではなかった。
　メイに心配されてしまったことが恥ずかしくて、早口になった。
　メイはあたしの話を聞いて、ふわっと花が咲くようにほほ笑んだ。

「そっか。それなら大丈夫なんだね？」
「う、うん。大丈夫」
　あたしはカッと自分の顔が赤くなるのを感じて、うつむいた。
　相手は女の子なのに、どうしてこんなに心臓がうるさいんだろう。
「1人で運べる？」
「も、もちろんだよ！」
　美術に使う道具は重たくて大きなものもたくさんある。
　案外、体力を使うものなのだ。
　だから、このくらいでへこたれるわけにはいかない。
「そっか。じゃあ、あたしはもう行くね」
「あ、ありがとう！　メイ！」
　大きな声でそう言うと、メイが驚いた顔であたしを見た。
　しまった。
　あたしはメイを知っているけれど、メイはあたしのことを知らないに決まっている。
　それなのに馴れ馴れしく下の名前を呼んでしまった。
「あ、えっと……」
　しどろもどろになって言い訳の言葉を探していると、メイがまたほほ笑んだ。
「どういたしまして、美彩！」
　メイはそう言い、大きく手を振ってあたしに背中を向けたのだった。
　あたしは呆然としたまま、しばらくその場から動くこと

ができなかった。
　メイはあたしのことを知っていたのだ。
　下の名前もしっかりと覚えてくれていた。
　その事実に驚き、そしてうれしくなった。
　あたしとメイの関係はそこからはじまったのだった。

誕生日

　メイとあたしが最初の会話を交わした１週間後が、あたしの誕生日だった。
　誕生日というだけで朝から気分は落ちつかなかった。
　そんなあたしを両親は笑顔で学校へと見送ってくれた。
　まず最初に声をかけてきてくれたのは、小学校のころから仲がよかった子たちだ。
　みんなの誕生日は、あたしの頭にもしっかりとインプットされている。
「お誕生日おめでとう！」
　そんな言葉をたくさんの友人たちから貰い、手紙や手作りのお菓子などを受け取った。
　誰かの誕生日のたびに本格的なケーキを作ってくる子もいる。
　将来パティシエを目指しているようで、あたしたちは味見係といったところだった。
　本当は、学校にお菓子を持ってきてはいけない。
　だから、やり取りするのは先生がいないとき。
　昼休み中。
　みんなから貰った手紙を読んだり、お菓子をこっそりつまんだりしていたときだった。
「美彩」
　そう声をかけられて振り向くと、教室の入り口にメイが

立っていた。
　その姿に驚き、そして慌てて席を立った。
　口の中に残っていたクッキーを飲み込んで、メイの前に立つ。
「な、何？」
「今日って、美彩の誕生日なんでしょ？　はい、これ」
　そう言ってポケットから出てきたのは、イラストの描かれている紙袋だった。
「え……？」
　あたしは目を見開いてメイを見た。
　メイがあたしの誕生日を知っているなんて思っていなかったので、何度もまばたきを繰り返す。
「驚いた？　昨日の帰り道、あたし美彩のすぐ後ろを歩いてたんだよ」
　ネタばらしをするようにそう言ったメイに「あっ！」と、声を上げた。
　そういえば昨日の帰り、友達と一緒に誕生日のことを話していたんだった。
『明日の誕生日、何が欲しい？』
　と質問されて
『なんでもいいよぉ』
　と、答えたことを覚えていた。
「そうだったんだ……」
　たったそれだけの会話を覚えていて、プレゼントまで用意してくれたメイに、あたしの心がポッと温かくなるのを

感じた。
「開けてもいい？」
「もちろんだよ」
　メイに了承を得て小さな紙袋を開けてみると、そこにはうさぎのぬいぐるみがついたストラップが入っていた。
「わぁ！　かわいい！」
「ね？　近所の雑貨屋さんで見つけたんだけど、美彩に似てるなぁと思って」
「え？　あたし、こんなにかわいくないよ？」
　真顔で返事をするあたしに、メイがプッと吹き出して笑った。
「美彩のそういうところがあたしはかわいいと思うよ？」
　この日を境に、あたしとメイは急接近した。
　うさぎのストラップを買った雑貨屋さんには２人で何度も立ち寄って、お揃いのものを集めたりもした。
　そして気がつけば、あたしたちは親友と呼べる関係になっていたのだった。

見える子

　楽しかったメイとの思い出の中、あたしがすごくいい気分でいると、不意に足音が近づいてきてハッと体を硬直させた。
　その足音は突然現れ、躊躇なくこちらへ近づいてくる。
　ペタペタと軽い足取りで、体重も軽いのか聞き取りにくい音が、確実にあたしに近づいてくる。
　誰だろう……。
　また工事の人たちかと思った。
　でも、何かが違うような気がする。
　工事現場の人たちは重たい安全靴を履き、みんな体格もよかったようでその足音は土の中にまでよく響いてきた。
　それに比べればこの足音は、まるで小さな子どものもののように聞き取られた。
　あたしは下手をすれば聞き逃してしまいそうな小さな足音に神経を集中させた。
　相手は本当に子どもかもしれない。
　でも、子どもがなぜこんなところに来るのだろう？
　ここは何もない広い空き地にすぎないはずだ。
　家を建てる工事が中断している今、あたしが埋められる前からここは姿を変えていないはずだった。
　子どもが遊ぶには不似合いな場所じゃないだろうか？
　複数の子どもが集まっていれば、かけっこなどをして遊

ぶことはできる。

　でも、聞く限り足音の持ち主は1人だった。

　たった1人で広い空き地で何をして遊ぶのだろうか？

　あたしの疑問が膨らんでいったとき、足音が消えた。

　それはあたしのちょうど真上あたりで途絶えた。

　あたしは目の前に広がっている土を見つめる。

　誰？

　あなたは、誰？

　まるで土に向かって話しかけるようにそう聞いた。

　すると……。

「僕は大田睦人だよ」

　と、土の上から幼い少年の声が返ってきたのだ。

　その反応にあたしは一瞬、思考が停止する。

　何、今の？

　今、あたしの声が聞こえたような反応を大田睦人という少年はした。

　土の中に埋められて以来こんなことは今までなかった。

　あたしの声に誰かが答えるなんて、そんなことはあり得ない。

　あたしは死んだのだ。

　声帯は存在しない。

　そうだ。

　睦人くんは、この広場で1人遊びをはじめたのかもしれない。

　誰かがいると空想をして、その空想相手に挨拶をしたの

かもしれない。
　そうだ。
　きっとそうだ。
　あたしと生きた人物が会話をするなんて、あり得ない。
「それが、あり得るんだよ、お姉ちゃん」
　睦人くんは土の上でクスクスと笑いながらそう言った。
　その瞬間、体に電気のような衝撃が走った。
『お姉ちゃん』
　睦人くんはそう言った。
　それはまるであたしに対して言っているような言葉だ。
　あるいは、睦人くんは空想の中で『お姉ちゃん』という年上の女性を想像しているのかもしれない。
　今までにない経験に、あたしはただだだ混乱するばかりだった。
　もし、万が一。
　睦人くんが、あたしの声を聞いていたとしたら……？
　そう考えると一気に体温が上昇していく。
　思ってもみなかったことにドクドクと心臓は高鳴り、緊張でキュッと胃が縮こまった。
　もちろん、実際にそんなことはあり得ない。
　あたしは、死んでいるのだから。
　が、気持ちを表現するのであればそういう状態だ。
（睦人くん、あたしの声が聞こえているの？）
　あたしは試しに睦人くんへ話しかけてみた。
「うん。聞こえているよ」

睦人くんは聞こえて当然だというように返事をする。

　でも、これだけじゃ本当に聞こえているかわからない。

　睦人くんの空想のお友達との会話と、リンクしただけかもしれない。

　だからあたしは、睦人くんには知らないことを言ってみることにした。

（睦人くん、あたしの名前は堀美彩っていうの。復唱できる？）

　そう言うと、睦人くんはいとも簡単にあたしの名前を復唱した。

「ほりみあ。変な名前」

　睦人くんはそう言い楽しそうに笑う。

　あたしの声が届いている……！

　そう確信した。

　睦人くんにはあたしの声が聞こえているのだ。

『変な名前』というのはひと言余計だけれど、あたしは喜びで走り回りたい衝動に駆られた。

（睦人くんには、あたしの声が聞こえているんだね!?）

「だから、さっきからそう言っているでしょう？」

（あぁ、そうね。ごめんね、すごくうれしくて）

「そうだろうね。死んだら普通は誰とも会話できなくなるから、みんな僕の存在を喜んでくれるよ」

　自信満々にそう答える睦人くん。

　なるほど、彼には霊と交信できる力があるらしい。

　生前はそんなの半信半疑で、どちらかと言えば信じてい

なかった。
　今自分が死人となってこうして生きている人間と交信しているなんて、それこそ信じがたい出来事だ。
　だけど、現にこうしてあたしは睦人くんと会話ができている。
　睦人くんにはあたしの声が届いている。
　それは驚きと同時に感動さえ覚えることだった。
　心霊系のテレビ番組は、すべてが作りものというわけじゃないんだな。
　あたしはとにかく誰かと会話ができるということがうれしくて、夢中になって睦人くんに話しかけていた。
(好きな食べ物は何？)
「オムライス」
(あたしもオムライス大好き！　じゃあ好きなお菓子は？)
「ノコギリの山」
(あれおいしいよね！　チョコとクッキーがサクサクしていて！)
　あたしと睦人くんの食べ物の趣味が偶然にも一致して、余計に楽しくなるあたし。
　口の中に生前よく食べていたノコギリの山の味が広がった、そのときだった。
「みあお姉ちゃんって性格も変だね」
　と、睦人くんが言い、声を上げて笑ったのだ。
　その笑い声に、さすがのあたしもムッとした。
　バカにされているのだと一瞬にして理解できた。

(どうしてそんなことを言うの？)

　少し怒った口調でそう言う。
「だって、死んだ他の人たちは僕とこんな会話をしないから……。みあお姉ちゃん、怒った？」
　睦人くんは心配そうな声でそう聞いてくる。
　あ、そっか。
　それもそうかもしれない。
　お互いに好きな食べ物を言い合ったって、意味がない。
　そう気づいたあたしは軽く咳払いをして、仕切り直すことにした。
(んんっ……。じゃあ、聞きたいことを聞くね。まず、睦人くんはどうしてここへ来たの？)
「みあお姉ちゃんの強い気を感じたから」
(き……って、木じゃなくて生気とか気迫とかの、気だよね？)
「うん、そうだよ。みあお姉ちゃんからは悪い気がたくさん出ていたから、この場所までたどりついたんだ」
(悪い気って……あんた失礼だよ)
「あはは、ごめん。でも実際そうなんだ。みあお姉ちゃんはたくさんの人を恨んでいた」
　その言葉にあたしは絶句した。
　睦人くんの言う通りだ。
　あたしは、ついさっきまで過去の嫌な経験を思い出していた。
　そして、イジメに関わった人たちが死んでしまえばいい

と思っていた。
　なぜだか気分はスッキリと晴れ渡り、今ではそんなこと少しも考えていない。
　そうだ。
　その間に記憶が飛んだような気がしたんだっけ、あれはいったいなんだったんだろう？
「みあお姉ちゃん、どうかした？」
　ずっと黙っているあたしに睦人くんが聞いてくる。
（……ちょっと不思議なことがあって）
「不思議なこと？」
（そう。たしかにあたし、睦人くんの言う通り悪い考えをしてた。ついさっきまでね。それなのに、急にすがすがしい気分になっているの。どうしてだと思う？）
　こんなことを子どもに言ったって、どうしようもないかもしれない。
　でも、今あたしが会話できて相談できる相手は睦人くんしかいないのだ。
　世界には他にも霊と会話できる人がいるのかもしれないが、今は睦人くん１人だけだ。
「あぁ。それはね、みあお姉ちゃんが恨んだ人たちは、全員死んだからだよ。だから、みあお姉ちゃんは今スッキリしているんだよ」
　それは先ほどまでと何も変わらない口調だった。
　会話の最後に『当然でしょ？』と、言われているような気がする。

(全員……死んだ？)
「そうだよ？」
　あたしの質問を肯定する幼い声。
　あたしはまるで悪い夢を見ているような気分になった。
　いや、これは全部が夢なのではないだろうか。
　あたしは殺されてはいなくて、朝起きたら夢の出来事は忘れていく。
　なんだか変な夢を見た気がするなぁという余韻だけ残して、いつもの生活に溶け込んでいく。
　そうだったら、どれほどよかっただろうか。
　あたしの幸せな妄想は、もろくも打ち砕かれてしまう。
「みあお姉ちゃんが殺した人の名前をあげていくね」
　睦人くんはそう言うと、ガサガサと何かを広げるような音を立てた。
　たくさんの枯葉がこすれ合うような、大きな紙を広げるような音がしたあと、睦人くんは「神田〇〇」と、大きな声で言った。
　神田くん……！
　あたしはハッとする。
　どうして？
　どうして睦人くんは、神田くんの名前を知っているの？
　あたし、教えてないよね？
　そして次々と読み上げられる名前。
　それはあたしがイジメにあっていたときのクラスメートの名前であり、担任教師の名前であった。

「みんな同窓会の会場で死んじゃったんだって。建物が手抜き工事だったうえに老朽化が進み、みんなが貸し切りで使っていた部屋の天井が落下してしまったらしい」

あたしは信じられない面持ちで、睦人くんの言葉を聞いていた。

みんな……死んだ？

１人残らず、全員が？

あたしが……殺した？

ゾクリ。

恐ろしい虫が背中を這っているような、気持ち悪さと寒気がする。

「あと１人は……藤木悠利」

ドクン……。

久しぶりに聞いたその名前に、あたしは体中の血が沸き立つのを感じた。

その名前を聞いただけで、まだ怒りを感じる。

だけどその怒りは当初に比べてずいぶんと小さなものになっていることに、あたしは気がついていた。

腹を裂かれ赤ちゃんを取り出されたとき、あのときの感情はもう消えてしまっている。

……どうして？

どうしてそのときの感情は消えてしまったのだろう？

ここは土の中。

あたしの憎しみを消してくれるものなど何もない。

それなのに……なぜ？

その答えを教えるように、睦人くんが口を開いた。
「藤木って人は電車に洋服が引っかかり、そのまま気づかずに発進した電車に引きずられて死んだんだって。遺体の損傷は激しくて、とくに腹部はグチャグチャになっていたんだってさ。まるで、そこだけミキサーにかけられたみたいにさ。みあお姉ちゃん、よほど藤木って人のことが嫌いだったんだね」
（え……？）
　あたしは頭の中が真っ白になる。
　なぜだか先生の死体が安易に想像できてしまったから。
　まるで、目の前で見たかのように。
　普通、乗客の1人の服が挟まれていたら気づくはず。
　それが偶然気づかれなかった。
　電車は先生のズボンの裾を引っかけたまま走り出した。
　それも、偶然に。
　ズボンの裾を引っかけた状態で先生は引きずられた。
　そして、偶然腹部ばかりを地面に打ちつけた。
「みあお姉ちゃんはわかっていると思うけれど、これは偶然じゃないからね？」
　あたしの考えを読み取ったかのように、睦人くんは言う。
「その場に、みあお姉ちゃんはいたはずなんだ。そしてこのクラスメートたちと藤木って人を殺した。そして、工事現場にいた2人も」
　あ……。
　飛んでいた記憶が一気に蘇る。

そうだ、このすがすがしい気持ちになるほんの少し前、あたしは土の外にいた。
　骨だらけの体ではなく、あたしの意識が、睦人くんの言うあたしの気が、外へと出ていたのだ。

蘇る

　あたしはまるで今その場面を見ているように、順を追って記憶を取り戻していった。
　まずあたしは憎んだ。
　人を憎んだ。
　小学校時代の先生を、クラスメートたちを。
　その気持ちはどんどん膨れ上がり、少しも収まることなどなかった。
　ついにはその人たちが死んでもいい。
　死んでしまえ。
　とまで考えていた。
　そしてそれは本気だった。
　心の底から相手の命を奪いたいと願っていた。
　すると……あたしの体が……いや、あたしの魂が自分の骨から抜け出たのだ。
　それはまるで重力の失われた世界にフヨフヨと漂っているような感覚だった。
　あたしの魂はその状況に対応するまで時間を要した。
　とにかく扱いにくかったのを思い出した。
　右へ行きたいと思って右へ重心を傾ければ、そのままどこまでも右方向へ進んでいく。
　止まろうとしてストップをかけても、まるで氷のリンクの上にいるように滑って止まれない。

少し体を傾けるだけでそのままゴロンッと、1回転してしまうようなものだ。
　けれどそれは時間とともに慣れていき、あたしは自分の体をコントロールすることができるようになっていた。
　右に体を滑らせて、止まりたいときには少し左へと重心を傾ける。
　これですぐに止まることができた。
　あたしは土の中でその動作を何度も何度も確認して、そしてようやく地上へと出た。
　まるで空を飛ぶ鳥のように地上へ向けて飛び立つ。
　久しぶりに見た太陽は眩しすぎて目がくらみ、軽い頭痛すら覚えた。
　頬を撫でる風、しっかりと聞こえてくる外の喧騒。
　そのどれもが懐かしくて、あたしは自分の骨の真上あたりでしばらく動けなくなった。
　このままずっとここにいてもいいかもしれない。
　太陽と緑と風。
　それだけあればもう十分じゃないか。
　そんなことも思っていた。
　でも、あたしは自分の骨から抜け出た理由をすでに知っていた。
　だから、行く必要があったんだ。
　あいつらを殺しに行く。
　魂だけになったあたしはそっと目を閉じて、クラスメートたちの顔を1人1人思い出していった。

それは小学生や中学生までの幼い顔ばかりだったけれど、その1つ1つにしっかりと憎しみを植えつけていく。
こいつを殺したい。
こいつを殺したい。
たっぷり38人分。
あたしは目を閉じて怒りを再確認したんだ。
そして行動に移した。
死ぬ、というのはとても不思議なものだった。
土の中にいたときには全くわからなかった外の世界の情報が、外へ出た瞬間、流れ込むようにしてあたしの中に入ってくる。
何かを見たり聞いたりしたのではない、ただ風を感じ太陽の光を浴びただけでそれらの情報が運ばれてくるのだ。
あたしは無限大とも言える情報の中で、小学校のクラスメートたちが今日同窓会を開くのだということを知った。
なんていいタイミングなんだろう。
あたしは笑った。
一気に全員を殺せるチャンスじゃないか。
38人を順番に殺していくことで、残っているクラスメートに恐怖を与えるということもできる。
でも、別にそこまでする必要はなかった。
あたしは、みんなを怖がらせたいわけじゃない。
殺したいのだから。
それに、集団で一気に死んでいくときだって、きっとその空間には恐怖が生まれているだろう。

それはあたしが殺されたときよりももっと恐ろしく、不安と涙でめちゃくちゃに暴れ出したくなるような衝動。
　自分の目の前でクラスメートが死んでいくのだ。
　助けたくて手を伸ばしても、自分自身も死に近づいていて助けることができない。
　叫び声と泣き声と、時々嘔吐する音や骨が折れる音、肉が裂ける音なんかが聞こえたらなおさらおもしろい。
　クラスメートたちは、お互いが死んでいくのをただ見ているしかできないのだ。
　それはあたしにとって、最高におもしろいシナリオだった。
　そして、死んだあたしにはそれを決行するだけの力があった……。

　同窓会の会場は築何十年となる古いホテルだった。
　このホテルを建てたときには体に害のある物質が使用されていたとして、何年か前に問題になっていた。
　問題になってニュースで放送されるまでは利用者もいたらしいが、今ではすっかり寂れてしまっている。
　外観は壁を塗り直すなどしてきれいにしているが、その壁に大きく『宴会歓迎！　会場１部屋○○円！』などという看板が出ているのを見ると、経営は厳しかったのだと思われた。
　そしてそんな場所を使うことにしたクラスメートたちは、やっぱり学生でお金がないからだろうと、考えられた。

普通なら選ばないようなホテル。
　そんなホテルが舞台になるなんて、ますますおもしろそうだ。
　あたしは同窓会を計画したクラスメートたちに、こっそりと感謝した。
　そして……夜8時。
　同窓会がはじまった。
　クラスメートたちはみんな少し大人びていて、だけど当時の面影も十分に残している。
　あたしも生きていたらこの輪の中にいただろう。
　これほどの憎しみなんて持たず、『昔あんなことがあったねぇ』なんて、思い出話として花を咲かせていたかもしれない。
　だけど、あたしは死んでしまった。
　無残に殺され、赤ちゃんまで奪われてしまった。
　そんなあたしに許すという選択肢は、もうどこにも残されてはいなかったのだ。
　会場はホテル内で一番大きな場所だった。
　広さばかりあって、気取った装飾品のたぐいは置かれていない。
　昔はもっと華やかな部屋だったのかもしれないけれど、今は何も置かれていない倉庫と呼ぶにふさわしい場所。
　それでも、そこに並んだ丸テーブルと料理で、同窓会の参加者たちは満足していた。
　あたしのように客観的にその様子を見ていれば、なんで

こんな場所で盛り上がれるのだろうかと思えるけれど、当事者たちに場所というのは大した問題ではないようだ。

　ただ全員が収容できる部屋があり、そこに料理が運ばれてくればよし。

　そんな雰囲気が伝わってきた。

　あたしはフワフワと天井付近を彷徨いながら、クラスメートたちを見ていた。

　転校していった神田くんの姿もある。

　彼は昔よりもずいぶんと背が伸びて、体つきがしっかりとしている。

　何かスポーツでもやっているのだろうか。

　そして彼の周囲には昔と変わらず女の子たちが寄ってきていた。

　その中には、あたしをイジメていた彼女の姿ももちろんある。

　彼女はまだ神田くんのことが好きなのだろうか？

　神田くんに話しかけている彼女の表情は、昔と全く同じに見えた。

　小学校の幼い恋が、ここにきて再燃しているのかもしれない。

　あたしはぼんやりと２人の様子を見下ろしていた。

　彼女に話しかけられて、神田くんもまんざらではないようにほほ笑んでいる。

　その頬はほんのりと赤く染まっていて、明らかに彼女の存在を意識しているのがわかった。

まさか……。

あたしはふと考えた。

神田くんも、彼女のことが好きだったんじゃないだろうか？

そんなそぶりを見せたことは一度もないけれど、誰にでも優しい神田くんなら彼女にも自然と優しくできていたことだろう。

2人はもともと両想いだったと考えれば、彼女や、彼女と一緒にいるあたしに神田くんが近づいてきていた理由もわかる。

でも、もしそうだとしたら、あたしがイジメにあった意味がなくなってしまう。

2人は想い合っていて、あたしは神田くんを好きじゃなかった。

2人の間の邪魔者はあたしではなく、他の女の子たちだったはずだ。

あたしは知らず知らずのうちに、2人をきつく睨みつけていた。

どうしてあたしがイジメられる必要があったのか。

ただの彼女の思い込みだけで、どうしてあんなにアザを作るはめになったのか……。

怒りが胸の奥から湧き上がる。

熱くて燃えるような感情。

それは徐々に体の外へと吐き出されていくのがわかる。

まるでガス漏れをしているような感覚だ。

少しずつ出ていたガスは耐えきれなくなり、ホースを突き破って大量に排出されていく。
　憎い。
　憎い。
　憎い！
　カッと目を見開きその感情を吐き出した瞬間、会場内に地響きのようなものが鳴りはじめた。
　最初は小さな音で、それがどんどん大きくなっていく。
　ゴゴゴッというその音は、まるで地震を連想させるような音だった。
　だけど会場の外は静かで、何事もない日常が続いている。
　この会場内だけ、この部屋だけに響く音。
　参加者は何事かと周囲を見回し、地震だと勘違いしたみんながテーブルの下に入って身を縮めた。
　音は次第に大きくなり、地面が揺れはじめる。
　とっさに入り口へと走る参加者。
　しかしその扉は固く閉じられ、開かない。
　数人の参加者が同時に扉へ突進するが、それでもビクともしなかった。
　当然だ。
　逃げられてたまるものか。
　あたしは参加者たちが必死で逃げ場を探す様子を、上から眺めていた。
　扉もダメ。
　窓もダメ。

参加者たちの顔色はどんどん青ざめていく。
　天井がパラパラとホコリを巻き上げながら、少しずつ崩壊していく。
　数ミリの裂け目からはじまり、あらゆる場所が欠けては落ちて欠けては落ちて。
　それはまるで部屋の中にいる者たちを少しずつ死へといざなっているようにも見える。
　天井を見上げ亀裂を指さす者。
　スマホを確認して電波が通じないと叫ぶ者。
　扉や壁を叩き、ホテルの従業員を呼ぼうとしている者。
　それはさまざまだった。
　あたしはその様子を笑いながら見下ろしている。
　人間っておもしろいな。
　天井が落ちてくる閉鎖空間にいると、こんなに歪んだ顔をするんだ。
　部屋の揺れはさらに激しさを増し、耐えきれなくなった一畳分ほどの天井が落下した。
　それはまるでスローモーションのようだった。
　落ちた天井は担任だった先生の頭上へと迫っていた。
　先生は上を見上げている。
　頭では天井が落ちてくることを理解したのだろう、先生の手がとっさに空中へと伸びた。
　その手に引かれるようにして体が傾く。
　だけど、足が最後までその場に残っていた。
　焦る気持ちに足だけついていかないようだ。

足が動かなければその場から移動することはできない。
　なんて不便な人間の体。
　それゆえ、天井が先生の頭に到着してしまった。
　メキッ……と、嫌な音が会場内に響く。
　なぜかそのときだけ騒音も何も聞こえず、ただ先生が砕けていく音だけがあたしの耳に届いていた。
　最初に頭蓋骨が砕け、天井が当たってきた重みと衝撃で首が後方へと曲がる。
　折れた首の骨が喉を引き裂いて出てくる。
　それは肉と血に染まったピンク色の突起物だった。
　天井は先生の顔面を潰した。
　眼球は飛び出し床に転がる。
　鼻はぺたんこに潰れ、肉の塊に。
　顎は砕け、先生の顔はなくなった。
　それでも天井の落下は止まらない。
　先生という障害物があったせいで少しだけ落下する場所を変えた天井は、近くにいた女子にぶつかった。
　その場から逃げようとしていた女子の背中に、天井がぶつかる。
　その女子は強い衝撃に目を見開き、血を吐きながら倒れ込んだ。
　天井はその上に覆いかぶさるようにして落ちて、そして止まった。
　誰もがその場所から動けなくなっていた。
　まるで時間が止まったように、先生と女子の死体を見て

いる。

　それでも会場の崩壊は止まらない。

　気がつけば天井のあちこちに大きな亀裂が入っている。

　数人の参加者が天井を見上げ、そして青くなった。

「また落ちてくるぞ！」

　誰かが叫んだ。

　それをきっかけに、止まっていた時間が急速に動きはじめる。

　悲鳴。

　涙。

　絶叫。

　助けを求める最後のあがきが、あちこちから湧き起こる。

　先ほどよりも大きな天井の破片が落下して、数人の参加者を巻き添えにした。

　そこからまた新たな亀裂が生まれ、また落ちた。

　次から次へと天井の下敷きになる生徒たち。

　それはまるで空から見下ろす花火のような光景だった。

　空中に舞う赤い血しぶき。

　それらはホコリに付着し、ゆっくりゆっくりと落下していく。

　きれい……。

　ずっと土の中にいたあたしは、この残酷な光景を目の当たりにしてもその色彩が美しいと感じられた。

　着ていた服が血にまみれて色を変える。

　若くうるおいのある肌が生気を失っていく。

その変化がとてもいとおしいものに見えていた。
　そして、神田くんも。
　神田くんは天井が落ちてくるよりも先に床にうずくまり、右腕で頭をガードしていた。
　左手で隣にいた彼女の手を握り、同じように体勢を低くさせる。
　神田くんは彼女を守ろうとしているのだ。
　身を縮めたくらいで助かる出来事ではない。
　それでも、体の損傷を少しでも避けるために彼女を自分の下へと引っ張り込んだ。
　神田くんが彼女の上になった瞬間、天井が神田くんの背中に降り注いだ。
　大きな破片のそれは2人の体を潰していく。
　ゴキゴキと骨が粉々に砕けていく音。
　2人の肉を引きちぎっていくミチミチという音。
　やがて2人の肉片は1つの塊になった。
　あまりに大きい天井の破片は彼らの厚みなど1ミリとも残さず、まるでもともと床に置いてあったようにそこに鎮座していた。
　あたしはその光景を見て、気持ちがスッと軽くなっていくのを感じていた。
　終わった。
　彼らが死に、あたしの憎しみもここで途絶えた。
　そして、あたしはすがすがしい気持ちだった。

呪い

　抜け落ちた記憶を取り戻したあたしは、土の中で激しい嘔吐感に駆られていた。
　涙が出るほど気持ちが悪い。
　胃がギリギリと締め上げられているようだ。
　38人があたしの目の前で死んでいったんだ。
　あんなにも残酷に、顔も体も破損し誰が誰だかわからないような状態で。
　あたしはどうしてあんな状況の中、平気でいたのだろう。
　骨に戻ったあたしは、思い出すだけで存在しない胃が悲鳴を上げているというのに。
　でも……。
　あたしのこの苦痛はクラスメートたちが亡くなったせいではないと、わかっていた。
　あたしが今苦しいと感じているのは、あの場面を思い出して気持ちが悪くなっているだけにすぎない。
　クラスメートたちが死んだことを悲しいだなんて、微塵にも感じてはいない。
　それがわかっていたから、あたしは余計に怖かった。
　あたしはこの手で38人を殺した。
　それなのに罪悪感はどこにもない。
　生きていたときの感情が、きれいさっぱり失われてしまったように感じる。

「みあお姉ちゃん、思い出した？」
　土の上から睦人くんの声が聞こえてきて、あたしはなんとか嘔吐感を押し込めることができた。
（……思い出した）
　あたしはゆっくりとそう言った。
　あたしが、殺した。
　38人をあの場所で殺したあと、あたしはすぐに先生の元へ向かったんだ。
　ここで言う先生はもちろん、藤木先生のことだ。
　38人も殺しておいて、あたしの心は心地よい朝のように晴れやかだった。
　すごくスッキリしていて気持ちがよかった。
　あぁそうか。
　恨んでいる人間がこの世から消えると、こんなにも心は軽くなるんだ。
　あたしはそう思った。
　相手が恐怖し絶望を目の前にして動けないまま死ねば、あたしの心の満足度は高い。
　あたしはすっかり夜になった街を彷徨いながら、どんな方法で先生を殺そうかと考えていた。
　その移動時間は一瞬だったけれどとても楽しく、絵を描いていたときと同じような高揚感まであった。
　そしてその一瞬のうちに、さまざまな殺し方まで考えていた。
　あたしは憎んだ人間を殺すことに幸せを感じていた。

クラスメートたちと同じように苦しめたい。
　クラスメートたちよりも遥かにひどい方法で殺したい。
　彼はあたしのお腹を引き裂いた。
　その中に手を突っ込み、めちゃくちゃにかき回した。
　だから彼の腹部も同じようにしてやるんだ。
　皮膚を引き裂き、内臓をえぐり出し、形そのものが見えなくなるほどに。
　あたしは電車に乗ろうとしている彼を見つけた。
　あたしはその光景をホームの上から見ている。
　彼はあたしが見慣れているスーツを着ていて、手にはいつも持っていたカバンを持っている。
　どうやら彼の生活は、あたしがいなくなっても変わらないらしい。
　ただ変わったのは彼が電車で通勤している。
　ということだった。
　あの車はどうしたのだろう？
　あたしをトランクに乗せて運んだあの車。
　部屋に敷かれていたマットごとあたしを車に乗せたのだから、血痕がついていたとは考えにくい。
　彼は何かを恐れて車を捨てたのかもしれない。
　何に？
　事件の発覚？
　それとも、死体を乗せたという恐怖から逃げたかったのだろうか。
　どちらにしても、あの車はもう使っていないようだった。

それは、あたしにとってどうでもいいことだった。
　電車だろうが車だろうが、彼はあたしに殺されるのだから。
　それだけは変えようのない未来なのだから。
　やがて、電車がホームに滑り込んできた。
　帰宅ラッシュでたくさんの人たちが出入りする。
　先生は列の最後尾に並んでいて、ゆっくりと進んでいく。
　あたしは電車とホームの間にある隙間を見つめていた。
　ジッと。
　それは恋をする乙女のように、熱っぽく。
　先生がホームから電車内へと足を踏み出した。
　その一歩が……見事に電車から外れ、ホームの隙間へと入り込む。
　あたしはその光景を笑い出したい気分で見ていた。
　そんなところに足を突っ込んでしまうなんて、なんてドジなの。
　先生は一瞬キョトンとした表情を見せ、それから足を引き抜こうとした。
　だけど抜けない。
　何をしても、どうあがいても足は抜けないのだ。
　だって、あたしがそうしているから。
　先生の足は挟まったままビクともしない。
　次第に慌てはじめる先生。
　だけど周囲の人間は誰もその異変に気づかない。
　まるで先生の存在自体がそこにないかのようにふるまっ

ている。
　やがて、発車のベルがホームに鳴り響く。
「おい！　待ってくれ！　助けてくれ!!」
　先生が大声で叫ぶ。
　だけど誰も助けに来ない。
　先生の声は誰にも届かない。
　手を伸ばせば乗客に手が届く位置にいるのに、誰も動こうとしない。
　そしてついに、電車の扉は閉まり、ゆっくりと、そして確実に動きはじめた。
　先生のズボンの裾は電車の一部に引っ掛かり、そのことに気がついた先生の顔は一瞬にして青くなった。
　動き出す電車と同じ速度で引きずられていく先生。
　最初は置いていかれまいと片方の足だけで飛び跳ねるようにして頑張っていたけれど、それもすぐに力尽きた。
　先生の体はホームに横倒しになり、それでもなお電車は走る。
「ぐあっ！」
　という悲鳴が聞こえたかと思うと、先生の右腕が消えていた。
　何かにぶつかってもげたのだ。
　一瞬にしてなくなった右腕に、先生は口をパクパクさせて何かを言いたそうだった。
　けれどそれも声にはならなかった。
　ホームは途切れ、先生の体は地面に叩きつけられた。

叩きつけられた瞬間、線路の石が飛び跳ねた。
　そして先生の頭蓋骨は陥没し、そこからダラダラと血が流れはじめる。
　先生が引きずられたところには赤い線が引かれていく。
　それでも先生の意識はあった。
　一番の恐怖を。
　一番の絶望を味わわせてやるために、そう簡単に気絶などさせるものか。
　あたしはそう強く願っていたからだ。
　先生は意識があるままに腕をもがれ、頭を砕かれ、そしてまだ引きずられていた。
　その顔には涙と唾液が溢れ、頭からはコポコポと音を立てながら血が流れ出していた。
　あたしは先生に近づいた。
　生と死のはざまにいる先生と目が合う。
　瞬間、先生は目を大きく見開いた。
　あたしのことが見えているんだ。
　確実に命を削られ、だけど意識だけはハッキリとしている人間。
　そういう人間にはあたしの姿が見えるのかもしれない。
　先生と目が合ったあたしは、ニッコリとほほ笑んだ。
「あ……あ……」
　先生は青い顔をさらに青く染めて、言葉にならない言葉を発した。
　自分が殺した生徒が目の前にいるのだから、当然か。

あたしは先生のそんな反応に大声を出して笑った。
　何、その顔。
　何、その声。
　あたし、こんな男の何が好きだったんだろう。
　全然かっこよくないよ。
　あたしは自分の右腕に力を込めて、先生の腹部へと突き刺した。
　コポッ……。
　あたしの右腕は手首までズッポリと先生の腹にめり込み、先生は口から血を流した。
　一度手を引き抜くと、そこから真っ赤な血が流れ出した。
　ポッカリと開いた黒い空洞。
　それはまるで宝物が隠されている洞窟のようで、ワクワクした。
　ねぇ、先生のお腹の中には何が入っているの？
　あたしのお腹の中には赤ちゃんが入っていたんだよ。
　あたしの大切な大切な宝物だった。
　それを先生は盗んでいった。
　だからほら、今度はあたしが宝探しをする番だよ。
　あたしは自然と笑顔になっていた。
　楽しくて楽しくて仕方がない。
　童心に返ったような気持ちで、先生の腹の中に腕を突っ込む。
　先生のお腹の中は温かくて、ヌルヌルしていて、そしていろんなものが詰まっていた。

あたしはそれを1つ1つ取り出していく。

これ、なぁんだ？

子どものような声でそう自問しながら、引きずり出す。

これ、腸かな？

うん、きっとそう。

これは先生の大腸。

そしてまた穴に手を入れる。

これ、なぁんだ？

グッと力を込めて引っ張ると、バキバキという音が聞こえ先生がまた血を吐いた。

あ、これは骨。

これはきれいな曲線を描いているから、肋骨のどれかかな？

そしてまた手を突っ込む。

これ、なぁんだ？

先生の穴の中のものがなくなってしまうまで、あたしはその遊びを続けたのだ。

先生は、その間ずっと生きていた。

生きて電車に引きずられながら、内臓をもがれていた。

先生の顔が歪み、吐いた血と流れ出た血で真っ赤に染まり、すでに誰だか判別もできなくなっていた。

その顔を見た瞬間、あたしの心はスッと軽くなっていた。

クラスメートたちを殺したときと全く同じ、心地よい感じが体中に駆け巡る。

そうして、先生はようやく心臓を止めた。

途端に電車内は騒がしくなる。
人がいるぞ！
人を引きずっているぞ！
今まで先生の存在に気がつかなかった乗客の1人が、ようやく先生に気がついたのだ。
あたしは満足し、その様子を眺めていた。
それは先生が電車に引きずられて、3駅目のことだった。

麻薬

「それが呪いの効果だよ」
　すべてを鮮明に思い出したあたしに、睦人くんは言った。
　呪い……。
　たしかにそう呼ぶにふさわしいことだった。
　あたしはここを抜け出し、殺したい人物の元へ行ってきたのだ。
　そして自分の思いのままに全員を殺してしまった。
　あたしは思い出してゾクリとした。
　自分にそんな残酷なことができるなんて思ってもいなかった。
　とくに先生の腹をまさぐっているときの自分は、本当に無邪気に遊んでいたのだ。
（どうしよう……あたし……）
　今さら事の重大さを理解する。
　あれほど殺したかった人間を殺して満足していたのに、そのすべてを思い出すと１人ではかかえきれない重みを感じた。
「そうだよ、だから僕がここに来たんだ」
　睦人くんは冷静な口調でそう言った。
「みあお姉ちゃんがあまりにも殺すから、それを止めるために」
（そう……なの？）

「そうだよ。このままじゃまた被害者が出るんじゃないかと思って、心配しているんだ」
　また、被害者が。
　また、あたしは残酷に人を呪い殺す？
　そんな……そんなことあってはいけない！
　あたしは心の中で、両手を使って自分の体をギュッと抱きしめた。
（あたしはもう人を呪って殺したりなんてしない！　あんな……恐ろしいこと……！）
「本当に？　呪いっていうのは幽霊にとってとても気持ちがいいものなんでしょう？　それを止められるって、本当に言いきれる？」
　睦人くんの言葉があたしの胸に突き刺さる。
　睦人くんの言う通りだった。
　あたしは憎んでいる人を呪い殺しているとき、楽しくて仕方がなかった。
　普通なら目をそむけてしまいたくなるような場面を見て、心が躍っていた。
　そんな感覚は正常ではない。
　普通ではない。
　そして憎む相手が命を失ったとき、あたしは重荷が取れたように楽な気持ちになっていた。
　恨んでいたことがちっぽけなことに感じるほど、あたしは精神的に前向きになることもできていた。
　それはまるで麻薬のようなものだった。

病んでいる気持ちが一瞬にして明るく変化する。
　悩みなど空から見る蟻のようなもので、存在自体が消えてなくなってしまう。
　人を呪い殺したとき、あたしはそんな感じだった。
「……我慢ができないのなら、みあお姉ちゃんを強制的に成仏させるしかないんだよ」
　返事をしないあたしに睦人くんが言う。
（強制的に成仏……？）
　あたしは聞き返す。
「そう。ちゃんとした人を呼んでお祓いをしてもらうんだ」
（そんなことができるの!?）
　あたしは思わず大きな声で聞き返していた。
　死んでからもずっとここにいたあたしは、成仏なんてできないのだと思っていた。
　いつまでここにいればいいのか、全くわからなくなっていた。
　それが、この土の中から出られるのだ。
　外の世界に行けるのだ。
　それはあたしにとってうれしいことでしかなかった。
　この生活から解放される。
　もしかしたら、もう誰も憎まなくていいのかもしれない。
　それならば、そっちの世界に行きたいと思った。
「強制的な成仏はできるよ」
（それなら……！）
「早まらないで」

あたしの言葉を遮って睦人くんが冷静な口調で言った。
「強制的に成仏をさせるということは、天国にも地獄にも行けないということ。ただ、みあお姉ちゃんの意識がこの世から消えるということなんだ」
（それって……どういうこと？）
「みあお姉ちゃんは今、成仏できる状態ではないんだ。棺桶にも入っていないし火葬もされていないし、お経も読まれていない。ただ土に埋まり、骨になっただけ。そんな状態では魂が納得して成仏するわけがない」
　睦人くんの言っている意味はわかる。
　素直に成仏できないから、強制的に成仏をさせるということ。
　そして強制的に成仏させられた魂は、どこへも行かずただ消えるということ。
　今の状態とどう違うのだろう？
　あたしは意識を持っているが、その意識を誰かに伝えることは無理だ。
　睦人くんのような能力がない限り、会話はできない。
　つまり、生きている人間からすればあたしはすでに『存在しない者』なんだ。
　今さら自分の意識が消えたからといって、別に困ることもない。
「みあお姉ちゃん、聞いている？」
（あぁ。ごめん、聞いているよ。あたしの意識が消えても困る人はいないよね？　だから別に強制成仏をさせられて

も平気だけれど……)
　そう言うと、睦人くんは土の中にまで届くような大きなため息を吐き出した。
　むっ。
　もしかしてあたしの言ったことに呆れたの？
　そんな雰囲気が読み取れた。
「魂が完全に消えるということは、転生ができなくなるということなんだ」
(転生……って、新しい命に蘇るってこと？)
「そうだよ。人は人として再び転生するようになっているんだ。この人は何年後、この人は何十年後に転生するって、決められているんだよ。そうやって世界人口の増減が決められているんだ。だからみあお姉ちゃんみたいに『誰も困らないから消えていいよ』なんて話じゃすまないんだよ」
　なるほど。
　あたしが消えてしまえば、未来の1人分の命が消えてしまうということか。
(じゃあ、どうして強制成仏なんて言ったの？)
「だから、それはみあお姉ちゃんが呪いの魅力に勝てなかったときの最終手段として話したんだよ。本当なら強制成仏は滅多なことがない限り行わない」
　へぇ。
　そういうものなのか。
(だったら、簡単だね。あたしはもう誰も呪わない)
「本当に本当？」

(本当に本当。誓ってもいいよ)
「……まぁ、いいけどさ。なんだか口約束じゃ信用できないから、こうしない？」
(何よ？)
　信用できないと言われて少しムッとしてしまうが、それはまぁ仕方のないことだ。
　あたしだって、いったいいつまでここにいるかわからない。
　もしかしたら地球が滅びるまで、ここにいることになるかもしれない。
　そう考えると、どこまで我慢していられるかどうかわからなかった。
「実はね、ここに家が建つんだ」
(……え？)
　あたしは睦人くんの言葉にキョトンとしてしまった。
　あたしの上に家が建つ。
　それは知っていたことだし、その工事途中に事故が起きて話がとん挫していることも知っている。
「みあお姉ちゃん、一度目のときはそれが嫌で工事現場の人を殺してしまったよね」
　え？
　あ……。
(あの事故はあたしの力が原因だったの？　でも待って？　あのときは、あたしずっと土の中にいて記憶も飛んでないよ？)

「それはターゲットが近くにいた作業員たちに向けられていたからだよ。近くの人間を呪い殺すのに手間はかからないからね」
(……そう……なんだ……)
　あたしは啞然とする思いだった。
　まさか、あの２人も自分の力で殺してしまっただなんて思っていなかった。
　あれは不幸な事故で、誰にも止めることのできなかったものだと思い込んでいた。
　土の中にいても近くの人間を呪い殺すことはできる。
　そこまであたしの力は強いものなのだ。
　あたしは改めて自分の力の恐ろしさを感じた。
「ここに家が建って人が暮らしはじめれば、みあお姉ちゃんはその全員を殺すことができるんだよ」
(ちょ……ちょっと待って？)
　あたしは睦人くんの話を聞きながら、頭の中に疑問が浮かんでいた。
(工事の関係者が亡くなったのはつい最近でしょう？　それなのに、そんなに早く同じ場所に家が建つ話なんて出るものなの？)
　あたしは疑問をそのまま口に出した。
　人が２人も死んでいる場所にまた家が建つなんて、いくらなんでも早すぎる。
　そんなこと気にしない人だとしても、家の間取りなどを考えるのに時間を要するはずだ。

「みあお姉ちゃんが工事現場の人を殺してから６年たっているから、もう噂は風化していってるんだよ」

　睦人くんがスラッとそう言った、
　まるでそれが当たり前だと言うように。
（６……年……？）
「そうだよ？」

　睦人くんの言うことが本当ならば、あたしがここに埋められてからすでに７年くらいは経過しているということになる。
（そんな、まさか……そんなことあり得ない！　だって同窓会の生徒たちはまだ若くて、学生らしさを持っていたもの！　先生だって、あたしと付き合っていたころからそんなに変わっていなかった！）

　そう言うと睦人くんは少し間を置いて「本当に？」と、聞いてきた。
（本当だよ！　７年たっているとしたら同級生たちはみんな24歳。先生は31歳になってるはずだよ。見ればその変化に気づくわ）
「……だとすれば、その期間、みあお姉ちゃんは記憶を飛ばしていたことになるね」

　あたしが……記憶を……？
　たしかに、あたしは憎しみのあと、ふと我に返るような感覚を覚えていた。
　でも……７年間も？
「これは僕の仮説だけれど、みあお姉ちゃんはたくさんの

人を殺した。何十人という人をね。それが原因で長い期間意識を失った状態にいたんじゃないかな？　人間が薬を大量摂取すると死んでしまうのと同じで、みあお姉ちゃんは呪いの副作用で記憶をなくした……うん、たぶんこれが正しいと思うよ？」

　仮説と言いながらも、睦人くんは自分の推理に満足したように言った。

　たしかに、睦人くんの言う通りだとすれば話は繋がる。

　あたしが気づかないうちに世界は7年も進んでいた。

　そしてその間、あたしの上に家が建つという話がまた出てきたのだ。

「で、話を戻そうか」

　あたしの頭の中はまだまだ混乱しているけれど、睦人くんが話を続ける。

「ここに家が建ってその家族を殺すようなことがあれば、僕はみあお姉ちゃんを一番残酷な方法で成仏させに来る」

（一番残酷な方法って……？）

　あたしは恐る恐る聞く。

　聞きたくないけれど、聞いておかなければいけない。

「悪魔に魂を取りに来てもらうんだ」

　悪魔……。

　そんなものが実在するなんて思ってもいなかった。

　でも、呪いや幽霊といったものを信じるしかなくなった今、悪魔や天使の存在も身近なものになっていた。

「悪魔はとても残酷なんだ。人間の魂をまるでリンゴのよ

うに食べるんだ。だけどね、食べられた人間の魂は悪魔の体内で存在し続けるんだ。悪魔に消化され、悪魔の血肉になっても、まだ意識だけは生き続けるんだ。それは永久に続く苦痛さ。痛みや苦しみだけがみあお姉ちゃんを支配して、そして自分が誰だったのかもわからなくなってくる。だけど死ねない」

永久に続く苦しみ……。

あたしはジワリと汗をかくのを感じた。

睦人くんがあたしを怖がらせるために言っているようには聞こえなかった。

(わかった……。あたしがもし人を殺してしまったら悪魔を呼んでくれていい。でも睦人くんに1つ聞きたいことがあるの)

「何？」

(睦人くんはあたしがここにいることを知っている。なのに、どうして助けてくれないの？)

睦人くんがここに来てからずっと抱いていた疑問を口にする。

すると、睦人くんは何か痛みに耐えるような唸り声を上げた。

「それは……それはね……」

言いたいけれど、言いにくい。

そんな雰囲気を少し漂わせながらも、睦人くんは教えてくれた。

「僕たちの規則に反するからなんだよ」

（規則？）
「そう。僕たち『見える者』が死体を掘り起こすことはもちろんできる。だけど、それをしてしまうと僕たちが犯罪の容疑者になるんだ、今の日本ではね。だから、『見える者』たちの間ではちゃんとした依頼が来ない限り、死体に直接触れてはいけない。死体がある場所も他言してはいけないということになっているんだ」
（……自分たちの身を守るため？）
「……ごめん。だけど、みあお姉ちゃんはちゃんと誰かが見つけてくれる」
（どうしてそんなことが言いきれるの？）
「魂をちゃんと回収しなければ、転生できないからだよ」
（そう……）
　あたしは小さく呟く。
　あたしの体は必ず回収される。
　だけどそれは何年後になるかわからないこと。
　あたしはそれをここで待つしかないのだ。
「……じゃあ、僕そろそろ行くね」
　自分の役目は終わったというように、睦人くんの足が動く音がする。
（待って！）
　あたしは思わず睦人くんを呼びとめていた。
　睦人くんは何も言わない。
　でも、足音が止まったことで立ち止まってくれたことがわかった。

(また、ここへ来てくれる？)
　あたしはそう聞く。
　無理なお願いだということはわかっていた。
　この土地には家が建つ。
　工事がはじまれば、関係者以外ここへ立ち入ることはできないだろう。
「あぁ。きっと来るよ」
　睦人くんはよどみなくそう返事をした。
　この答えにあたしはホッと胸を撫で下ろす。
　きっと、睦人くんがここへ来ることはもうないだろう。
　それでも、あたしの心は温かくなった。
(じゃあ、またね)
「……うん。またね。みあお姉ちゃん」
　さようならは言わなかった。
　会話できる人と二度と会えないかもしれない。
　その思いをかき消すように、あたしは未来で睦人くんと会う約束をしたのだ。
　睦人くんの足音は徐々に小さく、遠ざかっていく。
　そしてそれはやがて聞こえなくなり、あたしはまた1人になった。

家族

　ここに家を建てると決めた家族は、結婚したばかりの若い2人だった。
　奥さんは人気マンガ家で、付き合っていたころからお金を貯めていたのだと、工事現場の人たちが噂話をしていた。
　その話を聞きながら、あたしは絵のことを思い出していた。
　あたしは絵が好きだった。
　それはマンガのようなイラストではないけれど、きっとマンガ家の奥さんと共通する点もあるだろう。
　そう思うと、あたしの心は少しだけ楽しみになっていた。
　どんな奥さんが、どんなマンガを描いているんだろう？
　あたしが土の中に埋められる前から活動していたのだろうか？
　それともあたしが土の中で生活をするようになってから、活動をはじめたのだろうか？
　7年もの間ここにいたのだから、世の中は変化しているだろう。
　ドキドキするような作品も、たくさん出ているだろう。
　あたしの好きな水彩画の作家たちも、新作を発表したかもしれない。
　それはどんな絵だろう。
　見てみたいな。

きっと、素敵な絵なんだろうな。
　あたしは見えているものを遮断し、再び心の中で絵を描きはじめた。
　生きていたころに見ていた鮮やかな風景を思い出す。
　あたしはできるだけ色彩豊かな風景を思い出していた。
　花が咲き、緑の葉が揺れ、空の青さと時々流れる白い雲。
　あたしは心の中でたくさんの色を使った。
　赤、白、青、緑。
　色を混ぜて、色を重ねて絵に重厚感を出していく。
　だけど、黒だけは使わなかった。
　さまざまな色をすべて闇へといざなう黒。
　黒色はあたしにとっては身近すぎて。
　黒色はあたしにとって土臭いもので。
　黒色はあたしにとって、いつまで続くかわからない生活を強いるものだった。
　だから、黒は使わなかった。

　あたしは黒を使わない絵を何枚も何枚も描き続けた。
　春の野原だったり、夏の海だったり。
　風景だけでなくそこにはたくさんの人を描いた。
　人はみんな一様にほほ笑んでいて、その絵の中には幸せが満ちていた。
　手を繋ぐカップル。
　小さな子どもと遊ぶ父親。
　友達同士でかけっこをしている子どもたち。

泣き顔は１つもなかった。
　怒った顔も、困った顔も描かなかった。
　それだけ、あたしは自分の笑顔を、幸せな気持ちを意識していたことになる。
　徐々にできあがっていく家を意識しないために、そこに家を建てる関係者や家族に怒りを覚えないためにも。
　必要以上に幸せな絵を描き続けた。

　そして……。
　３カ月ほど過ぎたころ、家は完成した。
　若い夫婦は２人でここへやってきて、喜びの声を上げている。
　その声は少し離れた場所から聞こえてきて、なんとなく奥さんの声に聞き覚えがあったけど、このときは、あたしの周囲の土が少し湿っていることのほうが気になった。
　どうやらあたしはリビングの下にいるらしい。
　夫婦が玄関を開けて中へ入る音がする。
　２人のドタドタと騒がしい足音と、歓声が頭上から聞こえてくる。
　あたしはぼんやりとその光景を想像してみた。
　真新しい家に２人で暮らしはじめる初日の映像。
　マンガ家である奥さんはオシャレな眼鏡をかけていて、私服も流行りものでまとめている。
　旦那さんのほうはどんな仕事かわからないけれど、奥さんに頭が上がらない、痩せっぽっちのイメージだ。

あたしの想像は、あながち間違いではないのかもしれない。
　家のあちこちを歩き回る２人の足音は、奥さんが誘導しているように聞こえるから。
　ますパタパタとスリッパの音がして、そのあとをついていく音。
　そしてスリッパの音が止まり、どこかの扉を開ける。
「わぁ！　この洗面所、思っていた通りだわ！」
　先に立っていた奥さんが喜びの声を上げ、旦那さんが後ろから洗面所を覗き込む。
　手に取るようにわかる２人の行動に、あたしは思わず笑ってしまいそうになる。
　きっと２人はいい夫婦になる。
　なんとなくだけれど、音だけであたしはそう感じたのだった。
　しかし、自分の上に家が建つというのは、いい気分ではなかった。
　住人がどれだけいい人でも、あたしはその下にいるのだ。
　そして住人はあたしの存在を知らずに生活をしている。
　あたしは生きているときの、いつも通りの生活というものを忘れたわけではなかった。
　朝起きて顔を洗ってご飯を食べて歯を磨いて、そして着替えをして出かけていく。
　あたしもそうした生活を17年間続けてきた。
　でも、若い夫婦はそれだけではなかった。

朝起きて「おはよう」の挨拶と同時に甘い声が漏れるときもある。
　キッチンに立つ奥さんに向かって「愛しているよ」とささやく声が聞こえてくる。
　どうしてなのか、そういう声に限ってあたしの耳は敏感にとらえるようになっていた。
　興奮を求めているのかもしれない。
　夫婦があたしの上でベッドをきしませているとき、あたしはどうしても土の壁を睨みつけずにはいられなかった。
　あたしがここにいるというのに、どうしてこの２人は性行為なんてできるんだろう。
　そういう怒りに似た感情からはじまり、あたしも同じように先生に愛されていたはずだった。
　それなのに、どうしてあたしとこの夫婦とでは違ったんだろう。
　そんな悲しみが押し寄せてくる。
　あたしは必死になって睦人くんとの約束を思い出し、自分の感情を制御していた。
　できることなら聞きたくない声を、無理に聞いていないフリをする。
　両手があれば耳を塞ぐことができるのだろうか？
　あたしは耳も手もすでにないというのに、そんなことを考えた。
　夫婦によって突然騒がしくなった土の上に、あたしは小さくため息を吐き出した。

夫婦がここへ来てくれたことによって、朝昼晩がわかりやすくなった。
　あたしを見つけてくれる可能性も、格段に高くなったと思う。
　でも……。
　結局いつ見つけられるかわからないあたしは、ただ夫婦の愛に嫉妬し、心を落ちつかせるために絵を描くのだった。

子ども

　夫婦がここで生活をはじめて半年ほどが過ぎていた。
　季節は春。
　この日、家の中がなんだか騒がしかった。
　マンガ家をしている奥さんの影響で、この家には訪問客が絶えなかった。
　出版社の人とか、アシスタントの人とか。
　だから今日もそんな人たちが来ているのだと思った。
　でも、どうやら違うようだった。
　バタバタと足音はひっきりなしにするけれど、それは1人分だった。
　音の大きさやスリッパの音がしないことから、おそらく旦那さんの足音。
　奥さんは……？
　さっきから奥さんの足音は聞こえてこない。
　どうしたんだろう？
　そう思っていると、「少しは落ちついて」という奥さんの声が聞こえてきた。
　あ、いるんだ。
　奥さんの声は、ちょうどあたしの真上あたりから聞こえてきた。
　おそらく、奥さんはリビングにいるのだろう。
　半年間の物音で、あたしは家の間取りをある程度把握で

きていた。

　広いリビングとダイニング、そしてキッチン。

　隣には洗面所とトイレ。

　そして玄関の横には階段。

　そう、2階建てだということもわかった。

　奥さんの仕事関係の人たちが来たときはみんな2階へと上がっているから、仕事部屋があるんだと思う。

　そして夫婦の寝室も2階。

　2人が1日を終えて眠るとき、いつも階段を上がっていく音が聞こえてくる。

　音だけでここまでのことがわかるなんて、我ながら感心するようだった。

　目が見えない人も何年も同じ場所から動かなければ、このようにすべてを把握できるようになるのかもしれない。

『少しは落ちついて』

　と言われた旦那さんは動き回るのをやめて、やっとリビングに落ちついたようだ。

「女の子かな？　男の子かな？」

　旦那さんの声が聞こえてくる。

　それに対してクスクスと笑う奥さん。

「まだわからないわよ。すっごく小さいんだから」

「そっか、そうだね」

　奥さんの声は落ちついているが、旦那さんの声は早口でせわしない。

　会話からして、この夫婦には子どもができたのかもしれ

ない。
　あたしは過去に自分のお腹の中にも赤ちゃんがいたと、思い出していた。
　女の子かな？
　男の子かな？
　そんな会話すらする暇はなく、あたしも赤ちゃんもこの世から消えてしまったけれど……。
　もし、あたしと先生もこの夫婦のような会話ができていれば、きっと今、幸せになれていただろう。
　多少の困難はあると思うけれど、家族３人で暮らせていたかもしれないのだ。
　もう二度と手に入ることのない未来に、一瞬だけ悲しみを感じる。
　同時に、夫婦を羨ましいと感じた。
　その感情が憎悪へと変わってしまう前にあたしはすぐに思考を遮断し、そして絵を描きはじめたのだった。

　いつもなら絵を描いている間は無心になれた。
　あたしの上を虫が歩いても、外に大きな声で鳥が鳴いていても。
　それは、あたしの絵を描くという作業の妨げにはならなかった。
　だけど、今回は少し違った。
　夢中になって絵を描いていても、家の中の物音に敏感に反応するようになった。

小さな物音や、聞き慣れた生活の音ならまだいい。
　けれど時折聞こえてくるイスを倒す音や、お皿が割れる音などを聞くと、ひどく不安になった。
　自分が殺されたときの状況が一瞬にして蘇ってくる。
　そして思うのだ。
　奥さんもあたしと同じように殺されるのではないだろうか、と。
　けれどそれは毎回あたしの勘違いに過ぎず、実際はただイスに足を引っかけたとか、手から滑ってお皿が割れた、というたぐいだった。
　冷静に考えれば当たり前だ。
　この家の夫婦は今のところうまくいっているようで、あたしのように妊娠したからといって殺されるような原因はどこにもないのだから。

　そして月日は流れ、あっという間に赤ちゃんが生まれる時期になった。
　奥さんの「タクシーを呼んで」と言う声は、鳥もまだ眠りについている時間帯に聞こえてきた。
　お腹が大きくなってきて上り下りが大変だからか、夫婦はずっとリビングで寝起きしていて、その声はあたしにまで安易に届いてきたのだ。
　その直後、旦那さんが慌てて起き出す音が聞こえてくる。
「すみません、タクシーを１台。住所は……」
　車を持っているのにどうしてタクシーを呼ぶのだろう？

一瞬そう思ったけれど、その疑問はすぐに納得できることになった。
「楽な体勢をして。どこをさすってほしい？　タクシーで移動中、ずっとついていてあげるからね」
　旦那さんのそんな声が聞こえてくる。
　ひとときも離れたくない。
　そんな雰囲気を感じ取ることができた。
　タクシーを使う理由は、ずっと奥さんについていたいからみたいだ。
　あたしは２人の間に流れている優しい空気を想像して、少しだけ悲しくなった。
　できればあたしもその空気を感じてみたかった。
　子どもが生まれる瞬間というものも、味わってみたかった。
　苦しくて痛い分、ものすごく大きな幸せが待っているのだろう。
　あたしは旦那さんが慌ただしく動き回っている様子を聞きながら、意識を絵に集中させた。
　幸せな絵を描こう。
　あたしも一緒に笑顔になれるような、そんな絵を描こう。

　それから数日が経過した。
　奥さんがタクシーで運ばれてから家の中は静かだった。
　時々旦那さんが戻ってきてお風呂に入ったり、入院に必要なものを準備したりする以外、家に人の気配はなかった。

あたしはぼんやりと土の壁を眺めながら、久しぶりに訪れた静寂を感じていた。
　あたしの上に家が建ってから、昼夜問わずいつでも何かの物音は聞こえてきていた。
　昼間は奥さんが仕事をしている音。
　深夜になると旦那さんの豪快ないびき。
　それらが耳に入ってこないというのは、なんだか不思議な気分だった。
　あたし自身がどこかへ移動したわけじゃないのに、まるで別の場所に来たような感じがする。
　あたしは静寂の中、土の中で生きている動物を久しぶりに見た。
　モグラだ。
　ここに埋められてすぐのときには、いろんな生き物たちを見てきた。
　それはきっと土の中の生き物が珍しかった、ということも関係しているだろう。
　今となっては土の中の生き物にも慣れてしまって、意識しなくなってしまったけれど。
　モグラはあたしの骨の上を歩き、時々何かを見つけては立ち止まった。
　いったい何をしているんだろう？
　何か虫でも食べているのか、その姿は熱心に何かをついばんでいて、あたしはほほ笑ましく感じた。
　もうすぐここに家族が増えるよ。

あたしとお前たちしかいなかったけれど、家が建って子どもが生まれるんだよ。
　そうしたら、きっとすごくにぎやかになる。
　家庭菜園でもはじめてくれれば、お前にとってうれしいだろうね。
　そんなことをモグラに向かって話しかける。
　モグラはあたしの声が聞こえたかのように、いったんあたしの顔を見て、そして去っていってしまった。
　あたしはモグラがいなくなった場所を見つめる。
　もうすぐあの夫婦が帰ってくる。
　赤ちゃんを連れて、帰ってくる。

桜

　再び土の上が騒がしさを取り戻したのは、モグラに会って数時間後のことだった。
　家の前に車が停まりいつも通り旦那さんが戻ってきたのかと思ったら、なかなか家の中に入ってくる気配がない。
　耳を澄まして待っていると、車を降りる音が２人分聞こえてきた。
　その瞬間、あたしの胸がざわめくのを覚えた。
　帰ってきたんだ。
　奥さんと赤ちゃんが、この家に帰ってきたんだ。
「さぁ、桜ちゃん。この家があなたの家よ」
　奥さんの優しい声が聞こえてくる。
　桜ちゃん。
　きっと子どもの名前だろう。
「ちゃん」と呼んでいるから、女の子で間違いなさそう。
　そして鍵を開け、玄関を入ってリビングへと入ってくる音。
　あたしは自分に近づいてくる赤ちゃんの存在に、ドキドキしていた。
　今までお腹の中にいた赤ちゃんが外の世界に出たんだ。
　それはいったいどんな気分なんだろうか？
　もしかして、あたしがここから出るのと同じような気持ちだったりしないだろうか？

そうだとしたら、なんだかうれしいな。
　あたしはここに埋められたおかげで、二度生まれる経験ができるから。
　だけどきっと、お母さんのお腹の中は土の中のように臭くないし、ザラザラもしていないだろう。
　居心地のいい部屋から出されて、赤ちゃんは少し不機嫌かもしれない。
　あたしはリビングから聞こえてくる、赤ちゃんの元気な泣き声に耳を傾けた。
　生きている。
　私はここで生きている。
　そう必死で訴えかけているような気がした。
　あたしも……ここにいるよ。
　もう死んでしまったけれど、あなたの真下に、あたしはいるよ……。
　それは生と死が重なり合った瞬間だった。

　家が建って年中湿り気を帯びている土の中では、四季の感覚はほとんどなかった。
　ただ、月日がたつにつれて土の中の生き物はどんどん増えていった。
　湿った場所を好む虫が集まり出したのだ。
　虫たちは自分が生きていくのに適した環境をどうやって探しているのだろう。
　虫たちには、その適切な場所を探せる力があるのかもし

れない。
　はたまた歩いて歩いて歩き回って、偶然見つけた場所なのかもしれない。
　どちらにしても、あたしが虫たちを追い払う権利はなさそうだった。
　それに、あたしは同じ空間に生き物がいることがうれしかった。
　娘が生まれてから、家族はさらににぎやかになった。
　赤ちゃんの泣き声は昼夜問わず聞こえてきて、家族、親戚や友人と思われる人たちがひっきりなしに家に出入りしている。
　ときにはパーティーのようなことも行い、クラッカーの音や楽しい音楽が聞こえてきた。
　あたしはその音をぼんやりと聞いていた。
　幸せな家族。
　たくさんの人に祝ってもらえて、守ってもらえる命。
　赤ちゃんや子どもという弱い存在は、誰かに守ってもらうことで生き続けることができる。
　また、弱い命は守ることが当然であるかのように感じている人もたくさんいる。
　だけど現実は違う。
　現実はそんなに甘くない。
　甘いだけの人生を歩む人もいるかもしれないけれど、その反面、苦いものばかりを噛みしめている人もいる。
　幸せのあとには不幸が来る。

不幸のあとには幸せが来る。
　みんながみんな不幸と幸せを半分ずつ分け合うような生き方をすればいいのに、なぜだか偏ってしまうときもある。
　たとえば、あたしが殺されたことによって、あたしが感じるはずだった幸せを誰かが感じているかもしれないのだ。
　あたしの幸せは誰かに奪われているかもしれないのだ。
　それはあたしの上にいる彼らかもしれなかった。
　ここに引っ越してきてからの彼らは、順風満帆のようだった。
　小さなケンカはあるものの翌日には忘れているような些細なことで終わっているし、奥さんのマンガは相変わらずの人気を誇っている。
　旦那さんのほうは相変わらず肩身が狭そうだけれど、それでも毎日仕事をして帰る家と待っている家族がいる。
　あたしが欲しいと願っていたものを、この人たちは全部持っているのだ。
　どうしてだろう。
　どこで間違えてしまったんだろう。
　あたしだって、生きていれば手に入れることができたはずの幸せなのに。
　少しタイミングが違えば、彼らと同じように先生と暮らしていたかもしれないのに。
　あたしは自分の中で怒りが芽生えるのを感じていた。
　クラスメートや先生を殺してしまったときと同じ憤り。
　我を忘れて彼ら家族を恨んでしまいそうになる。

生まれたばかりの赤ちゃんの泣き声にすら、イライラしている。
　あたしは意識を土の中にいる虫たちに集中した。
　名前のわからない虫たちが数匹集まって、何やら話し込んでいるように見える。
　グネグネと体を動かし互いに体を絡ませ合い、まるで団子のようになっている。
　その様子を見ていたら、不意に赤ちゃんのことが思い浮かんだ。
　桜ちゃん。
　脳裏に想像した女の赤ちゃんはキャッキャッとうれしそうにはしゃぎ、その手にはたくさんの虫を握りしめていた。
　虫たちは桜ちゃんの握力から逃れようと体をくねらせるが、ビクともしない。
　桜ちゃんは、はしゃぎながら虫たちを口元へ運ぶ。
　自分が食べ物を持っているのか、そうじゃないのか。
　確かめるために虫たちを口に入れる。
　グシュッ。
　歯の生え揃わない桜ちゃんの口が虫たちを寸断し、そんな音を立てた。
　虫たちは体が半分になっても、桜ちゃんの口の中でうごめいていた。
　すでに死んでいるのに、死んでいることに気づかずに逃れようともがいている。
　それはまるで、あたしそのものだった。

死んでいるのに死んでいると気づかない。
　体は腐敗してしまっているのに、まだ生きている。
　死にぞこないの虫たちは桜ちゃんに飲み込まれ、そしてこれから生きていく桜ちゃんのための血肉となる。
　あたしは想像をゆっくりとかき消して、そして思った。
　あたしもそうなればいい。
　ほんの少し残された栄養分を虫や草木に吸い取られ、血肉となって誰かの中で生きていけばいいと。

最終章

動物

　桜ちゃんが生まれてから、再び月日は流れていった。
　睦人くんはあたしは必ずここから出ることができると言っていたけれど、それがいつなのか、本当に出ることができるのか。
　希望はすでにどこか遠くへ消え去ろうとしていた。
　代わりにあたしは土の中で家族の楽しそうな声を聞いても、嫉妬に駆られることはなくなっていた。
　先生のこともクラスメートのこともほとんど思い出さず、何も考えずにただ家族の音だけを聞いていた。
　なんだか、考えることにも疲れてしまったのだ。
　怒ることも悲しむことも喜ぶことも、あたしには無意味なこと。
　誰にもその感情を知られることがなく、自己表現することだってできない。
　そんな感情、存在していても存在していなくても、関係ないこと。
　あげく、あたしは人を呪い殺すことはできても、人を幸せにすることはできない。
　最悪の存在でしかないのだ。
　そんな存在は、ただただ大人しくしているのが一番なのだ。
　そういう思いにたどりついてから、あたしは絵を描くこ

とも滅多にしなくなっていた。
　頭の中でどれだけ色彩豊かな絵を描いたって、目の前には真っ暗な土しかない。
　どれだけ美しい絵を描き上げたとしても、それを他人に見てもらうこともできない。
　すべあたしの頭の中にしか存在しないことだから、自分でその絵に触れることさえできない。
　そんなの、あたしの感情同様に無意味なものだと思えてきてしまった。
　すべてが空虚。
　目の前にいる虫と家の中の物音だけが現実で、あとはすべて存在しないものなのだ。
　あたし自身も。
　今日もあたしは家族の会話をぼんやりと聞いていた。
　聞いていたというよりも、耳に入ってきていた。
　というほうが正しいかもしれない。
　桜ちゃんは拙いながらもたくさんおしゃべりができるようになっていて、しきりに「わんわん、わんわん」と、繰り返しているのが聞こえてくる。
　犬が出ている番組でも見ているのかもしれない。
　そんな桜ちゃんを、旦那さんがあやしている声が聞こえてくる。
「わんわん欲しい？」
　そんな奥さんの声も聞こえてくる。
　と、途端に桜ちゃんが大きな声を上げはじめた。

「ほしい！　わんわんほしい!!」
　そう言い、ドタドタとリビングを走り回る音が聞こえてくる。
「あなた、犬くらい飼ってみてもいいんじゃないかしら？　生き物と触れ合うことで成長できる部分ってたくさんあると思うわ」
「あぁ。僕は別にかまわないよ」
　旦那さんが２つ返事で了承して、桜ちゃんがさらに興奮気味に声を上げる。
「わんわん！　わんわん！」
　と、悲鳴に似たはしゃぎ声が、あたしをほんの少しだけ不快にさせた。

　それから１カ月ほどたったとき、家族に変化が訪れた。
　家族にとっての変化はあたしにとっての変化でもあり、あたしはその変化にすぐに気がつくことができた。
　家の中から犬の鳴き声が聞こえてきたからだ。
　桜ちゃんが飼いたいと言っていた犬が、ついに家に来たようだ。
　犬の鳴き声は高く迫力に欠ける。
　小型犬の子どもかもしれないと推測する。
　あたしは、お金のある家にふさわしい室内犬を思い浮かべた。
　フワフワと白い毛並にクリクリとした黒目がちな目。
　シッポをひっきりなしに振って、桜ちゃんにじゃれつい

ている犬の姿。
　あたしは生前、動物が好きだった。
　動物園にはよく行ったし、家の近くにあるペットショップには毎日のように通っていた。
　しかし、母親が猫アレルギーを持っているため毛の抜ける動物を家で飼うことはできなかった。
　飼えるのは金魚や亀といったたぐいのペットばかりで、あたしは動物を飼っている友人を羨ましく感じたことが何度もある。
　そんなときは常連客となったペットショップへ行き、お気に入りの子を抱っこさせてもらうのだ。
　お店にいる子たちはみんな小さくてフワフワとした毛並で、抱っこをすると折れてしまいそうなくらい細かった。
　毛があるから触っても柔らかいと思うけれど、実際触れてみると見た目以上に骨ぽったくて、あたしは最初ビックリした。
　だけど、動物はそれが普通なのだそうだ。
　それからあたしは、小さな動物のゴツゴツとした骨の感触に慣れていった。
　桜ちゃんの家に来た犬も、きっとそうなのだろう。
　見た目は柔らかくても触れてみれば少し違う。
　見た目だけでは現実はわからない。
　この家族だって、自分の家の下にあたしが埋まっているなんて考えたこともないだろう。
　あたしはかわいらしい子犬の鳴き声を聞きながら、土の

壁を見つめていた。
　犬というのは人間よりも野性的だ。
　それゆえ、人間が気づかないものにも気がつくことがあるようだった。
　一家に飼われることになった犬は、「マロン」と名づけられていた。
　名前だけではオスかメスかわからない。
　だけどとにかくマロンは元気な子犬だった。
　家中を走り回り、キャンキャンとよく鳴いた。
　あまりに騒々しいので、普段穏やかな旦那さんが怒鳴っているくらいだ。
　マロンが来てから、桜ちゃんも元気いっぱいにはしゃぐようになっていた。
　姉妹のいない桜ちゃんにとって、子犬のマロンはいい遊び相手のようだった。
　こちらは少しはしゃぎすぎても、怒られるようなことはないようだった。
　あたしは両親からの愛情をめいっぱい注がれて育っている桜ちゃんに、自分の幼いころを重ねるときがあった。
　あたしも１人っ子で遊び相手がいなかったから、初めて飼った金魚相手にいろいろと話しかけていた。
　金魚は犬よりも静かで、決められた範囲内でしか行動できない。
　それでも金魚と一緒にいる時間はとても楽しかった。
　あたしが『今日はいい天気だね』と言うと、金魚は鉢の

中でクルリと1回転してみせるのだ。
　それはまるで『そうだね』と返事をしてくれているように見えて、あたしはうれしくてうれしくてたまらなかった。
　それと同じように、きっと桜ちゃんはマロンと毎日一緒にいられることがとてもうれしいのだろう。
　けれど、一見幸せに見えるその生活も徐々に崩れはじめていた。
　そう、まさに見た目じゃわからなかったのだ。

　マロンの変化は、マロンが家に来て2週間くらい経過したときからはじまった。
　マロンは家族が出かけて家で留守番しているとき、必ずリビングにいた。
　まだ子犬だからか室内犬用のゲージはないらしく、マロンは家の中をどこでも動き回ることができる状態だった。
　しかし、リビングから少しも動こうとしないのだ。
　それはマロンが立てているガリガリという音が鳴りやまないことからわかった。
　最初あたしは、いつも一緒にいる家族がいないからストレスを感じているのだと思っていた。
　その音はずっとあたしの頭上から聞こえてきていて、いつも同じ場所を引っかいているようだった。
　そんなことを続けていれば、床に敷いてあるかもしれないカーペットが傷んでしまう。
　そう思っていた矢先のこと、案の定、旦那さんがマロン

を叱る声が聞こえてきた。
　それでもマロンは引っかくことをやめず、家族が家にいるときでもいないときでも気がつけばガリガリという音が聞こえてくるようになっていた。
　何度叱っても床を引っかくことをやめないマロンに、旦那さんはある日リビングの家具を移動しはじめた。
「このままじゃカーペットに穴が開いてしまう」
　ブツブツと文句を言いながら家具を移動し、そしてカーペットを取り払っているようだった。
「仕方ないわね。テーブルの下に敷くだけの小さなマットを買ってこなきゃ」
「マロン、めっ！」
　奥さんと桜ちゃんの声も聞こえてくる。
　家族みんなに怒られているマロンだったが、床のカーペットが取り払われたとき、キャンキャン！と今までにない大きな声を上げて鳴きはじめたのだ。
　ドタドタとリビングを駆け回り、ときに床をガリガリと引っかきながら、鳴くのをやめない。
「おい、どうしたんだ？」
　さすがにマロンの様子がおかしいと感じたのだろう。
　旦那さんが不安げな声を漏らした。
「見てみて。マロン、いつもここをガリガリってしてるよ」
「本当ね……。ねぇあなたこの下に何かあるんじゃない？」
「何かって、何もあるわけないだろう？」
「でも、マロンの様子は変よ？」

「そうだなぁ……。床下に動物でも住みついているのかな」
「わぁ！　ねこさん？　いぬさん？」
「さぁ、どっちだろうね。おい、懐中電灯あるか？　床下にもぐって見てみるよ」

今ようやく

　あたしは17歳のときに殺され、土に埋められた。
　土の中は臭くて、寒くて、冷たくて……。
　いろんな生き物がいて、あたしは腐っていく。
　そして人を恨んで、殺して。
　久しぶりに人と会話をして、だけどその人は助けてくれなくて。
　あたしはまた1人になって。
　そして家が建った。
　家の中には幸せそうな新婚の夫婦がいて。
　やがて子どもができて。
　そして犬を飼うようになった。
　犬は死臭を嗅ぎ分けてリビングの床に爪を立て、主たちに異変を知らせた。
　そして、今……。
「案外明るいな」
　すぐ近くで旦那さんの声が聞こえてきた。
　床下に、もぐり込んできたのだ。
　あたしの心はドキドキと高鳴る。
　こんなに近くに人を感じたのは、久しぶりのことだったからだ。
「あなた、気をつけてよ」
　少し離れた場所から奥さんの声も聞こえてくる。

「あぁ。でも下には何もないぞ？　動物もいない」
「あれだけマロンが鳴いていたのに？」
「どういうわけだろうな？　マロンならわかるだろうけれど……そうだ。マロンを連れてきてくれないか」
「マロンを？」
「そうだ。マロンがまた床を引っかくような仕草をすれば、そこを掘ってみればいい。金銀財宝が出てくるかもしれないぞ」
　旦那さんは冗談を言い、笑った。
「なるほどそういうことね。わかったわ」
　そして、奥さんの足音がいったん遠ざかり、すぐに戻ってきた。
　人間は立って入ることのできないスペースだが、マロンにとっては十分な広さがあるらしい。
　すぐにマロンの足音が頭上まで聞こえてきた。
　そして、土を掘り返すようなザクザクという音も聞こえはじめる。
「そこか？　そこに、何かあるんだな？」
　マロンが土を掘りはじめ、旦那さんがそう言う。
「園芸用のスコップを持ってきてくれ！」
　あたしは土の上で起こっている出来事を、ドキドキしながら聞いていた。
　今、あたしの上の土が掘り起こされている。
　小さなスコップで少しずつ。
　だけど確実に、あたしへと近づいている。

あたしは睦人くんの言葉を思い出していた。

あたしは必ずここから出ることができる。

それが今なのだ。

今、この瞬間だったのだ。

あたしはボロボロと崩れながら、軽くなっていく土の重さを感じていた。

虫たちが危険を察知し、逃げていく。

「おい、掘っても掘っても何もないぞ」

「そうなの？　なら、やっぱり何もないのかしら」

「わからない」

旦那さんがいったん手を止めている間、マロンが鳴きはじめた。

それはまるで、早く掘れと催促しているようにも感じられる。

そしてまた、穴が深くなっていく。

あたしに届くまで、あと少し……。

「なんだ、これ」

手が届かなくなり、穴の中に入って掘り進めていた旦那さんが、作業を止めた。

「何？　何かあったの？」

「カバン……だな……」

「カバン？」

「あぁ。どこかの学校のカバンじゃないかな？」

旦那さんがそう言うと、興味を引かれた奥さんが床下へと入ってきた。

「こんなにも掘ったの!?」
「ん？　あぁ」
「ちゃんと埋めてよ？」
「わかってるって。それよりほら、見てみろよこの辺。ペンやポーチまで埋まっているぞ」
「……本当だわ。全部女の子が使っているような道具ばかりね」
「そうだな。こっちにはノートがあるけれど、劣化が激しくて何が書いてあるかわからない」
「ねぇ、そこに落ちているのは教科書じゃない？　教科書に持ち主の名前が書いてあるかもしれないわよ」
「本当だ。どれ……」
　ガサッ。
　あたしの顔の上に乗っていた教科書が、音を立てて持ち上げられる。
　ゆっくりと、光が差し込んでくる。
　教科書の上に乗っていた土が、パラパラとあたしの顔の上に落ちた。
　あぁ……。
　光だ。
「堀……名前はなんて読むのかな……。美しく彩るって書いて『みあ』って読むのかな？」
「え……？」
　光があたしを照らしている。
　床下の薄暗い光でもこんなにも眩しいんだ……。

「あなた、今なんて……?」
　穴の中に立ち、あたしの教科書を見ている旦那さんの姿が見えた。
　穴の付近からこちらを覗き込んでいる奥さんが見えた。
　あぁ。
　そうだったのね。
　ここに家を建てたのはあなただったの。
　あたしはふっと笑顔になった。
「堀美彩」
　旦那さんがあたしの名前を復唱するより早く、奥さんが穴へ下りてきた。
　そして、あたしの上に薄くかぶっている土を手でどけていく。
　あたしの視界が完全に奥さんの顔をとらえた。
「うわっ⁉」
　突然現れたあたしの骨に、旦那さんが飛び退くのが見えた。
　奥さんのほうは今にも泣きそうな顔をしている。
　久しぶりね、メイ。
　ねぇ、泣かないで。
　あたし、あなたに見つけられてとてもうれしいのよ。
「美彩……」
　メイ。
　ほら、涙が……。
「美彩!　美彩!!」

メイは泣きながら、そしてあたしの名前を叫びながら、素手で土を掘り起こしはじめた。
　爪を立て、まるでマロンのように。
　その指の先から血が滲んでも、食いしばっている唇から血が流れても、メイは掘ることをやめなかった。
　ありがとう。
　ありがとう、メイ。
　旦那さんが穴の中から這い出て、急いで警察に電話をかけている。
　あぁ……。
　あたしはようやくここから出るときが来たのだ。
　二度と会えないと思っていた親友の手によって、助けられるのだ。
「美彩……!!」
　メイは完全に現れたあたしの頭蓋骨に頬を寄せて、しゃくり上げながら泣いた。
　メイは、あたしの帰りをずっとずっと待っていてくれたのだろう。
　土の中にいる時間よりも、きっと外の世界で生きている時間のほうが長く、苦しい。
　そんな時間を待っていてくれたのだろう。
　そう思うと、あたしも泣きたい気分になった。
　だけど涙は出なくて、頬に落ちてきたメイの涙が、あたしの涙の代わりになってくれた。

数時間後。
　あたしの骨は警察の手によって、すべて掘り出されることとなった。
　これから骨の検査を行い、あたしがあたしだという証明を行っていくのだろう。
　行方不明になった１人の女子高生の事件が、ようやくここで殺人事件として世間に出回ることになる。
　でも、そんなことどうでもよかった。
　裁かれるべき存在の先生はすでに死んでいる。
　今はただ、土の中から出られたことに安堵し、待ち続けた時間が走馬灯のように蘇り、そして……とてもけだるく、眠かった。
　思えばあたしは土に埋められてから一睡もしていない。
　何年も何年も、眠っていない。
　眠ることが不必要だったからだと思っていたけれど、今あたしはとても眠かった。
　……ねぇ、お願い。
　少しだけ……眠らせてくれる？
　あたし……なんだか……すごく疲れて……。
　あたしの意識はようやく消えた。

番外編

いなくなった日

【メイside】
　それは真夜中のことだった。
　リビングから、両親の話し声が聞こえてきてあたしは目を覚ました。
　枕元で充電しているスマホで時間を確認してみると、夜中の1時を少し過ぎたところだった。
　こんな時間にまだ起きてるの？
　そんなふうに思ったとき、階段を上がってくる2人の足音が聞こえてきて、あたしは部屋の電気をつけた。
　あたしは1人っ子で兄弟はいない。
　だから、両親が2階へ上がってくるときは、あたしに用事があるときだけだった。
　案の定、その数秒後には部屋の扉がノックされていた。
「何？」
　あたしはベッドから起き出して部屋の扉を開けた。
　そこには真剣な表情をした両親が立っていて、なんだか嫌な予感が胸をかすめた。
「メイ。今日、美彩ちゃんはちゃんと学校へ来ていたんだよな？」
　父親の突然の質問にあたしは眉を寄せた。
「来てたけど、なんで？」
　そんなこと、こんな時間に聞く質問ではない。

やっぱり何かあったんだ。
「美彩ちゃん、まだ家に帰ってないんですって」
　母親が不安そうな表情で言った。
　一瞬にしてあたしの眠気は吹き飛んだ。
「美彩が帰ってない？」
　自分でもビックリするくらい大きな声が出た。
「そうらしい。今ご両親が探している最中だけど、朝までに見つからなければ警察にも届けると言っていた」
「嘘でしょ？　美彩の両親から連絡があったの？」
「そうだ。お父さんたちも探すのを手伝おうかと思ってる」
　そう言われて、やっと気がついた。
　両親はすでに外へ出られる服装に着替えているのだ。
「それならあたしも一緒に行く！」
　美彩は大切な親友だ。
　こんな時間になっても戻ってこないなんて、きっと何かがあったんだ。
「ダメだ。美彩ちゃんがここを訪ねてくるかもしれないだろ？　だからお前は家で待っていなさい」
「でも……」
　こんなときに自分だけ家で待っているなんて嫌だった。
「学校の友達に、美彩ちゃんの行方を知っている子がいないかどうか聞くんだ。それなら、家にいながらでもできるだろう？」
　父親にそう言われ、あたしは渋々納得したのだった。

それからあたしは言われた通り、学校の友人たちに連絡を取っていった。
　メールをするとすぐに返事が来る子もいるけれど、時間が時間だ。
　ほとんどの子から返事はなかった。
　唯一返事のあったメールを確認してみても、美彩の行方を知っているという子はいなかった。
　あたしは、リビングのソファに座って大きく息を吐き出す。
　美彩、こんな時間までどこにいるの……？
　あたしはスマホの画面に美彩の電話番号を表示させ、発信ボタンを押した。
　でもすぐに、「現在電源が切れているか、電話に出ることができません」という機械音が聞こえてくる。
　何度かけ直してみても、それは美彩へ通じることはなかったのだった。

知らないこと

【メイside】
　外は激しい雨。
　両親はすでに戻ってきていて、仮眠を取っている。
　あたしはずっとソファに座って美彩から連絡が来るのを待っていたのだが、結局本人から連絡は来なかった。
　朝になるにつれて友人たちからの返信が増えはじめたけれど、みんな美彩がどこにいるのかわからないと書いてあった。
「なんで……？」
　思わずそう呟いた。
　美彩はたくさん友達がいて、ちょっとからかわれやすい性格をしていて、だけどとても愛されている子だ。
　誰も美彩の居場所を知らないなんて、信じられなかった。
　どこかへ行くにしても、誰かにひと言伝えていてもおかしくはないと思っていたのに。
　メールの返信を読むたびに、全身から力が抜けていくような感覚がした。
　何よりも、一番の親友だと思っていた自分に何も告げずにいなくなってしまったことがショックだった。
「メイ、少しは寝なさい」
　両親の寝室の扉が開き、母親が顔を出してそう言った。
　あたしは無言のまま左右に首を振った。

眠気なんてなかった。
　不安で心配で、ベッドに入ることなんてできない。
「美彩ちゃんのご両親は今ごろ警察に相談しているわ。きっと大丈夫、すぐに見つかるから、ね？」
　どれだけ優しい声でそう言われても、あたしの不安が消えることはなかったのだった。

　それから数時間後。
　あたしは美彩の家の前に来ていた。
　何度も訪れたこの場所に、美彩は今いない。
　そう思うと胸がギュッと締めつけられて苦しくなった。
　インターホンを押そうと手を伸ばしたとき、車が１台走ってくるのが見えた。
　白い軽の車の運転手と目が合う。
　美彩のお父さんだ。
　あたしはインターホンから手を離し、車が停車するのを待った。
「メイちゃん、こんな早い時間に……ごめんね、心配かけて」
　美彩の母親が申し訳なさそうに頭を下げてきた。
　あたしは強く、左右に首を振った。
「あたしは大丈夫です。でも、美彩は……？」
「今、警察へ行ったところなの。きっと見つかるから、大丈夫よ」
　あたしは、学校までの坂道で座り込んでいた、最近の美彩を思い出した。

体調がよくなかった美彩が、1人でどこまでも行けるとは思えない。
　きっと、美彩は誰かと一緒にいるだろうと感じていた。
　今日はそれを伝えにきたのだ。
　しかし、思ったままのことを伝えたときの、美彩の両親の反応は意外なものだった。
「体調が悪かったって、本当？」
　2人とも首を傾げてそう聞き返してきたのだ。
「え？　美彩、体育もずっと休んでて、学校の行き帰りも辛そうでしたけど……」
「本当かい？　そんなこと、私たちは何も聞いていないんだ」
　美彩の父親が怪訝そうな顔でそう言った。
「なんで……？」
　あたしの頭は混乱してくる。
　昨日だって過呼吸で倒れたというのに、美彩は体調不良を両親に伝えていなかったのだ。
　それどころか、汚れてもいない体操着を持ち帰り、ちゃんと洗濯していたと言う。
　それはまるで、両親に体調不良を隠しているような態度だった。
「ねぇ、いったいどういうことなのかしら」
　美彩の母親は眉間に深いシワを寄せた。
　あたしにも、何がなんだかわからない。
　美彩は、どうして自分の両親に体調不良を隠していたの

だろう。
　そこまで念入りに隠す必要がどこにあったんだろう。
　何もわからない。
　美彩は、あたしにも両親にも話せないような秘密を持っていたのかもしれない。
　美彩のことならなんでも知っていると思っていたのは、あたしだけだったのだ。
　親友の美彩という存在が遠のいていく感覚に、あたしは涙が出そうになった。

どこにもいない

【メイside】
　学校へ行くと、美彩がいなくなったことはみんなが知っていた。
　いつもより少し早く家を出て、美彩が行きそうなコンビニに立ち寄った友人もいた。
　だけど、美彩はどこにもいなかった。
「電車で遠くへ行ってたらわからないよね」
　友人の1人にそう言われると、頷くしかできなかった。
　電車やバスでどこまで行ったかを調べることは、警察の仕事になってくる。
　あたしたちにできることは、美彩が行きそうな場所を探すことくらいだった。
　そのくらいのことしかできない、子どもな自分を歯がゆく感じる。
　みんなも同じなのか、いつもより元気がなかった。
「昨日、最後に美彩を見たのって、いつだった？」
　不意にそう聞かれて、あたしは昨日の放課後を思い出していた。
　あたしは部活があったから、美彩とは教室で別れたんだ。
　美彩がそのあとどこへ行ったのかわからない。
　クラスメートの大半があたしと同じで、下駄箱で美彩の姿を見たというのが最後の目撃情報だった。

それ以降、美彩を見たクラスメートはいないのだ。
「学校が終わってすぐどこかに行ったのかな？」
　その言葉にあたしは左右に首を振った。
「でも、校門から出る姿や歩いている姿を見てないなんて、変じゃないかな？」
「それじゃ、まだ美彩は校内にいるってこと？」
　下駄箱で靴を履き替える美彩。
　何かを思い出して校内へと戻っていてもおかしくない。
　でも、それだと矛盾が出てくる。
　学校には警備員がいる。
　美彩が校内にいれば、きっと見つかっているはずなんだ。
「もしかしてさ、裏門から出たとか？」
　不意に、誰かがそう言った。
　あたしはハッとして顔を上げる。
　裏門なんて普段は全く使わないから、存在自体を忘れていたところだった。
　生徒たちにとっては忘れられてしまうような出入り口。
「裏門から出たとしたら、きっと誰にも見られてないよね？」
　友人の言葉があたしの鼓動を早くする。
　そうかもしれない。
　美彩は昨日、裏門から学校を出たのだ。
「だけど、なんで裏門から……？」
　その問いかけに、あたしは「誰にも見られたくなかったからでしょ？」と、返事をした。

「美彩は昨日、誰にも気がつかれずにこっそり学校を出る必要があったんだ」

その必要って何？

きっと、誰かに会うためだ。

学校が終わったあと誰にも内緒の相手と会うために、わざわざ裏門から出た。

そのくらいしか、思いつかない。

だけど、そこであたしたちの考えはとん挫してしまった。

美彩が誰に会っていたのかわからなければ、どうにもならない。

それにこれはただの憶測にすぎないのだ。

大人たちに伝えることは、はばかられた。

あたしはため息を吐き出してスマホを取り出し、美彩に電話をかけた。

相変わらず、機械音が流れてくるばかりだった。

美彩のいない1日はとても気だるくて、力の出ないものだった。

美彩の元気な笑い声や弾けるような笑顔。

あたしがそれらに助けられていたことを、ようやく理解させられた気分だった。

そんな1日が終わり、下駄箱へと向かっているところだった。

「如月(きさらぎ)！」

と、職員室から名前を呼ばれてあたしは立ち止まった。

見ると担任の先生が手招きをしている。
「はい」
　返事をしながら近づくと、先生はひどく深刻そうな表情になった。
　きっと、美彩のことだろうとわかった。
「堀から、何か連絡はあったか？」
　やっぱりそうだ。
　あたしは左右に首を振った。
「電話は繋がらないし、メールも返事がありません」
「そうか……」
　そう言って深くため息を吐き出す。
　先生にもこれといって連絡が入っていないのだろう。
　美彩は本当に、一夜にしてどこかへ消えていってしまったのだ。
　そう思うと、胸がギュッと痛くなった。
「藤木先生、今日はいかがですか？」
　職員室の中からそんな話し声が聞こえてきて、あたしは視線を移動させた。
　そこにいたのは若いけれど冴えない、藤木先生。
　それと、薄毛になりはじめた中年の男の先生だった。
　中年の先生の手には大きな段ボールがかかえられていて、その中から青い葉が覗いていた。
　そういえば、あの先生は実家が農家だと言っていた。
　何か、おすそ分けでも持ってきたのかもしれない。
「いえ、実は今日から電車通勤に変えたんですよ。だから

大荷物はちょっと」
　藤木先生はそう言い、申し訳なさそうに頭をかく。
「車、やめられたんですか？」
「はい。まぁ、いろいろとありまして」
　藤木先生はそれ以上詮索されたくないのか、そそくさと自分の席へと戻っていく。
　あたしはそんなやり取りを、とくに気にすることもなく見ていたのだった。

薄れていく

【メイside】
　美彩がいなくなって１週間が経過していた。
　美彩の名前は最初のころほどあがらなくなり、あたしたちの日常が美彩なしで進んでいく。
　時折、美彩の両親と連絡を取っているけれど、まだ美彩の行方は掴めていないと言う。
　あたしは、ほんやりと美彩の席を見つめている時間が多くなった。
　主のいない机はどこか寂しそうで、美彩の帰りを待っている忠実な犬のように見えてくる。
　あたしは美彩がいなくなってから部活動を休んでいた。
　部活をする時間に美彩を探しに出かけているのだ。
　あたしの行ける範囲なんて限られているけれど、何かしていないと気持ちが落ちつかなくなっていた。
　美彩がよく立ち寄ったコンビニ。
　２人で買い物をした本屋さん。
　友人の誕生日プレゼントを買ったショッピングモール。
　行ける場所はすべて行った。
　それでも、美彩はどこにもいなかった。

　美彩がいなくなって１カ月が経過していた。
　もう、クラスメートたちは美彩がいない生活に馴染んで

いる。
　会話の中に美彩が出てくる頻度は極端に減り、空っぽの机は見て見ぬフリをされていた。
　そんな中に自分もいるのだと思うと、胸が引き裂かれそうなほどの痛みに襲われた。
　あたしは美彩を忘れたりなんかしない。
　絶対に、しない。
　そう心に誓ったある日、あたしは退部届を提出した。
　先生や部活仲間は、とくに驚いた顔はしなかった。
　ここ１カ月間、あたしは一度も部活に顔を出していなかったからだ。
　ただとても残念そうな顔をして「そっか」と、小さく呟くだけだった。
　みんな、あたしはもう部活をしないと思っているのだろう。
　だけど、あたしの考えは違った。
　運動部を退部した直後、あたしは美術部へと向かったのだ。
　そこは美彩が入部していた場所だった。
　失踪前は体調不良を理由に休みがちだったらしいけれど、美彩は絵の話をするときが一番輝いていた。
　ここに来れば美彩に会える。
　なんとなく、そんな気がしたんだ。
　美術室に一歩入ると、油絵具のニオイがツンッと鼻を刺激した。

馴れないニオイに一瞬顔をしかめる。
　熱心にカンバスへ向かっていた生徒たちの視線が、こちらへ集まるのを感じた。
「どうしたの？」
　美術の先生なのだろう、中年の背の低い女の先生が近づいてきた。
　近くで見ると、あたしより５センチは背が低いことがわかった。
「あたし、入部希望なんです」
　絵が好きというわけではないので、少しだけ後ろめたい気持ちになった。
　だけど、入部希望というのは本当だ。
「あら、そうなの？」
　突然の入部希望生に先生は少し戸惑ったような顔をしたが、すぐに笑顔を浮かべた。
「名前は？」
「２年の如月メイと言います」
「如月さんね。美術部顧問の大西（おおにし）です。如月さんは美術の経験は？」
　そう聞かれて、あたしは素直に左右に首を振った。
　しいて言えば、中学まで授業で習っていた程度だった。
「あら、それならなぜ美術部に？」
「あの……あたし、堀さんの親友なんです」
　そんな動機で入部するなんて、怒られるだろうか？
　そう思ったが、大西先生は笑顔のまま頷いた。

「そういうことなのね。こちらへどうぞ」
　あたしは先生の小さな背中を追いかけて、美術準備室へと通された。
　そこには、たくさんのカンバスや石膏像が所狭しと置かれていた。
　その奥の一角には生徒たちの作品が飾られている。
「これが、堀さんが描いていた水彩画よ」
　大西先生がそう言い、机の引き出しを開けた。
　そこにはホコリ１つ積もっていない、美彩の描きかけの絵があった。
　輝く水面に、緑の葉。
　その光景には見覚えがあった。
　いつもの通学路だ。
　見落としてしまうほど何気ない風景を、美彩はこんなにも美しく切り取ろうとしていたのだ。
　残念ながら、その絵は未完成のままだった。
「私は、堀さんがこの絵を完成させてくれると信じているわ」
　大西先生はそう言い、美彩の絵をいとおしそうに指先で撫でたのだった。

夢

【メイ side】
　美彩と同じ水彩画を経験してみたあたしだったが、絵のセンスは散々だった。
　美彩が描いていた風景を描きはじめてみたものの、水面は青、葉は緑、空は青と、単色でベタッと塗っただけのようになってしまう。
　美彩の絵のような輝きや美しさはどこにもない。
　あたしは自分の画用紙を見つめてため息を吐き出した。
　少しでも美彩に近づきたいと思っていたのに、これじゃ全然ダメだ。
　夏服だった制服は冬服に代わり、あたしはもうすぐ進級する。
　だけど美彩はまだ戻ってこなかった。
　月に一度、美彩の両親から連絡が来る以外、美彩の名前を聞くこともなくなった。
　時折美彩の話題を出せば、みんな揃って口を閉ざした。
　もう、忘れてしまいたいのだ。
　昔いた仲のいい友人のことを、今はもう思い出したくないのだ。
　その気持ちは、あたしにも理解できた。
　美彩の名前を聞くと心が悲鳴を上げる。
　明るい未来のためには、忘れていかなきゃいけない過去

がある。
　それに伴い、あたしも美彩の名前を人前では出さなくなった。
　美彩の机はいつの間にか撤去され、そこには何もない空間が広がっているだけになった。
　だけど、美彩のことを忘れてしまうわけではなかった。
　忘れるわけがない。
　あたしは今でも１人、美彩の行っていたコンビニへ行き、書店へ行き、そしてショッピングモールに行く。
　普通に買い物をしながらも、あたしは美彩をずっとずっと探し続けていた。
「あぁ、やっぱりダメか」
　開放された屋上で何枚目かの風景画を完成させたあたしは、その出来栄えにうんざりして呟いた。
　目の前にある絵は奥行きがなく、のっぺりとしている。
　少しは上達したようにも見えるけれど、美術部員たちの足元にも及ばない。
　冬の空を見上げて白い息を吐き出す。
　息はモヤとなってすぐに消えてなくなった。

「ねぇ、如月さん」
　大西先生の声がして、あたしは視線を前へと戻した。
　屋上には他の美術部員たちもいて、みんな自分の好きな景色を描いている。
「はい」

ついに部活をクビになるのかと思い、ドキッとする。
　だけど、部活をクビになることなんてないだろうと思い直し、心の中で自分を笑った。
「あなた、キャラクターを描いてみない？」
　先生はあたしの隣に座ってそう言った。
　思わず、自分の下手な絵を手で隠してしまう。
「キャラクターですか？」
「ええ。絵とひと言で言ってもその種類はたくさんあるわよね？　自分に合っている絵を見つけることも大切なのよ」
「あたしは、キャラクターが合っていると思いますか？」
　そう聞くと、先生があたしの絵を指さした。
　正確に言えば、画用紙の端に描いた猫のイラストを指さした。
「あなた、いつも何か動物のイラストを画用紙の端に描くわよね」
「あ……」
　バレないように小さく描いていたつもりだったから、指摘された瞬間、顔がカッと熱くなった。
「いいのよ。そういうのを描きたければ画用紙いっぱいに描いてみたら」
「……いいんですか？」
　こんなのはただのラクガキだ。
　部活で描けば怒られると思っていた。
「先生、あのあたし……」
「何？」

「4コママンガとかなら、ちょっとだけ描いてるんです」
　それは小学校のころからの趣味だった。
　動物が主役の、ほのぼのとした4コママンガは友達に見せるためだけに描いていた。
　プロになるとか、もっとたくさんの人に見せるなんて考えたこともなかった。
　だけど、先生がもしもっと自由に描いてもいいと言ってくれるのであれば、それを美術に生かしたいと思ったんだ。
「あら、おもしろそうね。どうせならそれを画用紙いっぱいに描いたらいいんじゃない？　1コマに画用紙1枚分使ったりして」
　先生の言葉にあたしは心が躍るのを感じた。
　それは今まで一度も感じたことのなかった、輝きに似たものだった。
　運動をしているときや友達と遊んでいるときは、もちろん楽しかった。
　だけど、そういうのとはまた違う、胸の奥からせり上がってくるような喜びを感じた。
「いいんですか!?」
「もちろんよ。いい出来なら文化祭でも展示したいから、頑張ってみなさい」
　あたしは、本当にすばらしい先生と出会うことができたのだ。
　あたしのこの経験が、のちに自分の人生を開かせることになったのだから。

月日

【メイside】
　美術部でマンガを描くことを許されたその日から、あたしは今までで一番多忙な時期へと入っていった。
　文化祭では美術部の目玉として大きく飾られ、それを見に来た人たちに4コママンガの小冊子を配った。
　あたしのマンガは瞬く間に有名になり、先生と一緒に自分のサイトを開いた。
　そこに載せたマンガを見に来る人たちは、1日に何万人にもなっていた。
　自分の世界が一気に開けていくのを、毎日肌で感じられるようになっていた。
　それでも、あたしは時折美術準備室に入り、先生の机の引き出しを開けた。
　大切に保管されている美彩の水彩画。
　自分にこんな才能があると知っていれば、あたしも美彩と一緒に美術部に入部していたのにと、今さらながら後悔した。
　美彩と並んで絵を描いてみたかった。
　互いの絵を見せ合い、笑い合ってみたかった。
　あたしはきつく下唇を噛んで引き出しを閉めると、悔しさと悲しさを創作活動へとぶつけた。

月日は流れ、高校を卒業すると同時にあたしはマンガ家としてデビューした。
　今までも何社からかデビューの話を貰っていたのだけれど、学業との両立が難しいと考え、先延ばしにしてもらっていたのだ。
　根気強く卒業まで待ってくれていた出版社から、あたしはデビューすることになった。
　すべてが順風満帆だった。
　夢を見つけ、それを実現し、これからもその夢で食べていくことができるのだから。
　だけど、あたしの心の中はいつも空洞が開いていた。
　美彩がいなくなってから、ずっとそこにある空洞だ。
　美彩はどうしてあの日、人目につかないように学校を出たのだろう。
　誰と会い、何があったのだろう。
　もしかして、美彩はもう……。
　そこまで考えてあたしは強く首を振った。
　そんなことはない。
　もしかしたら美彩は今、幸せなのかもしれない。
　好きな人と一緒にいて、好きな絵も描いているかもしれない。
　そう、考え直した。
　きっと、いつか戻ってきてくれる。
　あたしたちのところに、戻ってきてくれる……。

そんなあたしは、きっとまだまだ未熟だったのだろう。
マンガ家としてデビューしたことがきっかけで知り合った3歳年上の男性と交際をはじめたとき、真っ先に美彩に連絡を入れた。
だけど、美彩の番号には繋がらない。
その人と結婚が決まったときも、マンガの人気が出てきて原画展を開くことになったときも、美彩にそれを報告することもできなかった。
大切な人に大切なことを伝えることができない。
それは時にとても苦しくて、夜眠れなくなり枕に顔をうずめて大声で叫ぶこともあった。
「結婚しよう」
1年間の交際をへて、その言葉を貰ったときも、あたしの心の中には美彩がいた。
でも、あたしは今こんなにも幸せに包まれているのに、美彩の姿はなかった……。

新居

【メイside】
　あたしが結婚したのは、20歳の誕生日を過ぎたころだった。
　卒業生の中で一番早く結婚をするあたしを、みんなは喜んでくれた。
　結婚式には当時の友人、今の仕事関係者などたくさんの人たちが集まってくれた。
　中には有名なマンガ家の友人もいて、あたしの旦那さんとなる人は終始緊張して、表情をこわばらせていた。
　そんなことも、今思い出してみればとても幸せな一幕だったと思う。
　結婚式の日には、美彩のご両親を式場に招いた。
　美彩がいなくなってからあっという間に老け込んでしまった両親を見て胸が痛んだけど、こうして来てくれただけでもありがたかった。
　あたしは自分の人生を歩きながらも、美彩のことを探し続けていた。
　今では動ける範囲も増えたし、話を聞くことのできる知人も増えた。
　けれど、美彩が失踪したあの日に美彩の姿を見た人は誰１人としていなかったのだ。
　ここまで目撃証言がないのはおかしい。

そう感じたあたしは、美彩は学校を出てすぐに誰かと合流し、車などの乗り物で移動したのではないかと考えた。
　そこまでの推理はきっと大きく外れてはいないと思う。
　だけど、相手が誰なのかはさっぱりわからなかった。
　無理やり車に連れ込まれたのだとすれば、抵抗し、悲鳴を上げ、人目にもついていたかもしれない。
　だけど、そんな痕跡も残っていなかった。

　あたしの収入が一般家庭の数倍に膨れ上がったのは、結婚がきっかけだった。
　結婚式に参加してくれた新郎側の親戚に、アニメ映画の関係者がいたのだ。
　相手はあたしのマンガに興味を持ち、アニメ映画を制作してみないかと話を持ち掛けてきてくれた。
　それができあがり上映されてからは、目が回るような忙しさだった。
　続編の作成に新連載にグッズ制作。
　新しい仕事もどんどん増えていった。
　ふと気がついて銀行の残高を確認して見たときは、驚くほどの金額が振り込まれていたのだ。
　それをきっかけに、あたしはもっと快適な環境でマンガを描きたいと望むようになった。
　彼と暮らしているマンションも悪くないのだが、もう少し自然に近い静かな場所で暮らしたかった。
　なんせ、あたしのマンガは動物が主人公なのだ。

都心のマンションの中でも描くことはできるけれど、実際にこの目で野生動物を見てみたいと思っていたところだった。
　しかし、そのためには旦那の仕事場から離れた場所に暮らすことになる。
　それだけがあたしの気がかりだった。

「いいんじゃない？」
　ある日の夕食のとき、恐る恐る話を切り出したあたしに、旦那は簡単に首を縦に振ったのだ。
　あたしの聞き間違いかと思い、「今、なんて？」と、聞き返す。
「引っ越しだろ？　別にかまわないよ。俺は車を持っているから通勤にも困らないんだから」
　旦那のご機嫌をとるために作ったチーズハンバーグを大口で頬張りながらそう言ったのだ。
　あたしはその言葉に心底ホッとして笑顔になった。
「なんだ、そんなに簡単にOKしてくれるなんて、思ってもみなかった」
　あたしはそう言い、ウーロン茶を一口飲んだ。
　緊張がゆっくりとほどけていく。
「なんで？　君は仕事が好きだし、とても頑張ってるじゃないか。このまま有名になれば、時の人にだってなれる」
「それは言いすぎだよ。男の人って仕事のほうが大切なのかなって思ってたから、意外だった」

「俺だって仕事は好きだよ。でも、お前が仕事をしている姿を見ていると、お前ほど仕事を好きじゃないかもしれないなって思うんだ」

あたしは偶然いい先生に出会い、夢を持ち、それを叶(かな)えることができただけだ。

「……あたしは、友人の分まで幸せを貰っているのかもしれないね」

「え?」

「あたしには美彩っていう親友がいるって言ったでしょう? 今、ふと思ったの。あたしがマンガ家になろうと決めたのは、美彩が教わっていた美術部の先生がきっかけだった。美彩がまだここにいれば、夢を叶えて有名になっていたのは美彩のほうだったのかもしれない」

言っているそばから、きっとそうなのだと思うようになっていた。

美彩が経験できなかった幸せを、あたしが貰ってしまったんだ。

暗い気持ちになりかけたとき、あたしの手が温かく包み込まれた。

「それなら、その幸せを絶対に手放しちゃダメだよ。大切に大切に育てていかないとね」

そう言われ、あたしは目を見開き、そして泣きそうになりながらほほ笑んだ。

少し恥ずかしいようなセリフだったけれど、そんなふうに考えてくれる旦那。

だからあたしは、この人のことを好きになったんだ。
　あたしたちの新居ができたのは、あたしが24歳のころのことだった。

再会

【メイside】

　それは都心から離れた山の近くの土地だった。

　一見すると不便そうな場所に見えるけれど、車があれば旦那の会社まで30分くらいの場所だった。

　2階の半分があたしの仕事部屋になっている、小さな新居。

　将来子どもができたときのことを考えて、2階のもう半分には子ども部屋と寝室を確保していた。

　あたしはここに家が建つ前から、この土地に温かさを感じていた。

　とても懐かしくて、ここに家を建てるために何年も頑張ってきたような気さえしていた。

　家ではなく、土地に一目ぼれをしたような感覚だった。

　そしてそのときの気持ちが的中したのは、美彩がいなくなって11年が経過した年のことだった。

　2年前に生まれた長女、桜はたどたどしいながら会話ができるようになり、せがまれて小型犬を飼うようになった。

　マロンと名づけたその犬は、ガリガリとリビングの床を引っかくのが好きだった。

　何度注意してもやめず、カーペットがボロボロになってしまうことを懸念して取り払った。

けれどマロンは床を引っかき続けた。

　そしてある日、さすがにおかしいと感じた旦那がマロンが掘る仕草をしていた床の真下の土を掘り起こしたんだ。
　大きなスコップは床下に持って入れないから、小さな園芸用のスコップでゆっくりゆっくり土を掘っていく。
　掘っても掘っても何も見つからず、掘るのをやめようとするとマロンが吠える。
　それはまるで、穴を掘ることを催促しているようにも感じられた。
　朝から掘りはじめた穴は、昼ごろになると人が入れるくらいの大きさになっていた。
　旦那の体をすっぽりと包み込んでしまうほどの大きさになっても、マロンは掘ることへの催促を続けていた。
　穴の中へ入り、今度は大きなスコップに持ち替えて作業を続ける。
　昼が過ぎた時刻になったころ、旦那が穴の中から何かを言った。
　それがなんだったのか、理解するより先に聞き返していた。
「あなた、今なんて……？」
「堀……名前はなんて読むのかな……。美しく彩るって書いて『みあ』って読むのかな？」
　穴の中から旦那のくぐもった声が聞こえてくる。
　あたしは反射的に穴へと体を滑り込ませた。

ずいぶんと深く、大人2人が立って入れるほど大きく掘られている穴。
　そこにあったのは土にまみれた美彩の私物だったのだ。
　サッと血の気が引いていくのがわかった。
　なんで、こんな場所に……？
「美彩……」
　そう呟くと同時に体が動き、素手で土を掘り返しはじめていた。
　爪の中に土が食い込み、痛みに顔をしかめる。
　小石にぶつかり、血が滲む。
　だけど、あたしは一心不乱に土を掘り返す。
　わずかに見えていた白い物がどんどん姿を現し、人骨だとハッキリ理解できるようになった。
　一瞬だけ、恐怖で息をのんだ。
　だけど、すぐに作業を再開する。
「美彩！　美彩!!」
　頭の中は真っ白で、気がつけば叫んでいた。
　旦那が穴から這い出て、警察に電話をする声が聞こえてくる。
　あたしは白い骨をジッと見つめていた。
　頬に幾筋もの涙が伝って流れていた。
　この土地に立ったときの、温かくて懐かしい感情を思い出す。
　あれは美彩がずっとここにいたからだったのだ。
　11年間ここでずっとあたしを待っていたのだ。

土の中で、こんな姿になってもまだあたしを待っていてくれたのだ。
　美彩に何があったのかはまだわからない。だけど、土の中は暗くて冷たくてとても寂しかったことだろう。
　そう思うと、あたしの涙は止まらなくなっていた。
　美彩の苦しみや悲しみが、体の中に流れ込んでくるような感じがした。
　ようやく出会えた親友に、あたしはすがりつくようにして泣いた。
　それは美彩の形状をなくしてしまったただの骨だったけれど、あたしはその体に柔らかさと、血の通っている温もりを、たしかに感じることができたのだった……。

END

あとがき

　はじめまして&お久しぶりです、西羽咲花月です。
　このたびは『彼に殺されたあたしの体』を手に取っていただき、本当にありがとうございます!

　さて、私はいつもワードで下書きを終わらせてからサイトに公開するという手順で小説を書いています。
　下書きが終わったからといってすぐに公開しているわけではなく、その時の気分や人気作品を見て公開する作品を決めています。
　そのため、本書はいつ頃に下書きをした作品なのかよく覚えていません(笑)
　普段ルーズリーフで書いているプロットやキャラ設定を探してみましたが、なんとそれも出てこなかったという!
　時々部屋の大掃除をするので、その時に一緒に捨ててしまったのだと思います。
　作品に関するものが現物しか残っていないことに、一瞬愕然としました。
　ゴミに出すなんて、なんてことをしてしまったのだと慌てました。
　ですが、私はフリーターです。
　最近昇格して役職手当なんかをいただけるようになりましたが、それでも立派なフリーターです。

時間と元気とやる気があればなんでもできます！
　というわけで、今回は作品を読み直してキャラ名やキャラの年齢を書き出すという地味な作業から始まりました。
　今回の教訓、プロットは大切に保管しましょうね(笑)

　さて、この作品は前作の『感染学校〜死のウイルス〜』でも表紙を描いてくださった、みつきさなぎさんにまたまたお世話になりました！
　前作同様、私のグロい作品に可愛いイラストがつく日が来るなんて思ってもいませんでした。
　グロと可愛いが融合できるなんて奇跡です。
　『感染学校』で初めて自分のキャラクターにイラストがついた時は感無量ではしゃぎまわって、本を抱きしめて寝るという子どもみたいなことをやらかしました(笑)
　本当にありがとうございました♪

　最後になりましたが、今年もこうして本が出せたことをたくさんの方々に感謝します！
　スターツ出版のみなさま、サイトで読んでくださったみなさま、そして今、本書を手に取って読んでくださっているあなたさま、本当にありがとうございます！
　また会える日のために、これからも歩き続けたいと思います！

2017.4.25 西羽咲 花月

この物語はフィクションです。
実在の人物、団体等とは一切関係がありません。
一部、喫煙に関する表記がありますが、
未成年者の喫煙は法律で禁止されています。

西羽咲花月先生への
ファンレターのあて先

〒104-0031
東京都中央区京橋1-3-1
八重洲口大栄ビル7F

スターツ出版(株)書籍編集部 気付
西羽咲花月先生

彼に殺されたあたしの体

2017年4月25日 初版第1刷発行

著 者	西羽咲花月
	©Katsuki Nishiwazaki 2017
発 行 人	松島滋
デザイン	カバー　金子歩未（hive&co.,ltd.）
	フォーマット　黒門ビリー＆フラミンゴスタジオ
D T P	朝日メディアインターナショナル株式会社
編 集	酒井久美子　長井泉
発 行 所	スターツ出版株式会社
	〒104-0031 東京都中央区京橋1-3-1　八重洲口大栄ビル7F
	TEL 販売部03-6202-0386（ご注文等に関するお問い合わせ）
	http://starts-pub.jp/
印 刷 所	共同印刷株式会社

Printed in Japan

乱丁・落丁などの不良品はお取替えいたします。上記販売部までお問い合わせください。
本書を無断で複写することは、著作権法により禁じられています。
定価はカバーに記載されています。

ISBN 978-4-8137-0242-9　C0193

ケータイ小説文庫　2017年4月発売

『漆黒の闇に、偽りの華を』ひなたさくら・著

ある人を助けるために、暴走族・煌龍に潜入した茉弘。そこで出会ったのは、優しくてイケメンだけどケンカの時には豹変する総長の恭。最初は反発するものの、彼や仲間に家族のように迎えられ、茉弘は心を開いていく。しかし、茉弘が煌龍の敵である鷹牙から来たということがバレてしまって…。

ISBN978-4-8137-0238-2
定価：本体640円+税

ピンクレーベル

『好きなんだからしょうがないだろ？』言ノ葉リン・著

三葉は遠くの高校を受験し、入学と同時にひとり暮らしを始めた。ある日、隣の部屋に引っ越してきたのは、ある出来事をきっかけに距離をおいた、幼なじみの玲央。なんと彼、同じ高校に通っているらしい！　昔抱いていた恋心を封印し、玲央を避けようとするけれど、彼はどんどん近づいてきて…。

ISBN978-4-8137-0239-9
定価：本体590円+税

ピンクレーベル

『いつか、このどうしようもない想いが消えるまで。』ゆいっと・著

高2の美優が教室で彼氏の律を待っていると、近寄りがたい雰囲気の黒崎に「あんたの彼氏、浮気してるよ」と言われ、不意打ちでキスされてしまう。事実に驚き、キスした罪悪感に苦しむ美優。が、黒崎も秘密を抱えていて——。三月のパンタシアノベライズコンテスト優秀賞受賞、号泣の切恋!!

ISBN978-4-8137-0240-5
定価：本体590円+税

ブルーレーベル

『涙のむこうで、君と永遠の恋をする。』涙鳴・著

幼い頃に両親が離婚し、母の彼氏から虐待を受けて育った高2の穂叶は、心の傷に苦しみ、自ら築いた心の檻に閉じこもるように生きていた。そんなある日、心優しい少年・渚に出会う。全てを受け入れてくれる彼に、穂叶は少しずつ心を開くようになり…。切なくも優しい恋に涙する感動作！

ISBN978-4-8137-0241-2
定価：本体590円+税

ブルーレーベル

ケータイ小説文庫　好評の既刊

『感染学校』西羽咲花月・著

愛莉の同級生が自殺してから、自殺＆殺人衝動を持った生徒が続出。ところが突然、生徒と教師は校内に閉じ込められてしまう。やがて愛莉たちは、校内に「殺人ウイルス」が蔓延していることを突き止めるが、すでに校内は血の海と化していて…。感染を避け、脱出を試みる愛莉たち。果たしてその運命は!?

ISBN978-4-8137-0188-0
定価:本体 590 円+税

ブラックレーベル

『絶叫脱出ゲーム』西羽咲花月・著

高1の朱里が暮らす【mother】の住民は、体内のICチップで全行動を監視されていた。ある日、朱里と彼氏の翔吾たちは【mother】のルールを破り、【奴隷部屋】に入れられる。失敗すれば命を奪われるが、いくつもの謎を解きながら脱出を試みる朱里たち。生死をかけた脱出ゲームが、今はじまる!

ISBN978-4-8137-0115-6
定価:本体 570 円+税

ブラックレーベル

『カ・ン・シ・カ・メ・ラ』西羽咲花月・著

彼氏の楓が大好きすぎる高3の純白。だけど、楓はシスコンで、妹の存在は純白をイラつかせていた。自分だけを見ていてほしい。楓を独占したい。そんな思いがエスカレートして、純白は楓の家に隠しカメラをセットする。そこに映っていたのは、楓に殺されていく少女たちだった。そして混乱する純白の前に現れたのは……。衝撃の展開が次々に押し寄せる驚愕のサスペンス・ホラー。

ISBN978-4-8137-0064-7
定価:本体 580 円+税

ブラックレーベル

『彼氏人形』西羽咲花月・著

高2の陽子は、クラスメイトから"理想的な彼氏が作れるショップ"を教えてもらう。顔、体格、性格とすべて自分好みの人形と疑似恋愛を楽しもうと、陽子は軽い気持ちで彼氏人形を購入する。だが、彼氏人形はその日から徐々に凶暴化して…。人間を恐怖のどん底に陥れる彼氏人形の正体とは!?

ISBN978-4-88381-968-3
定価:本体 550 円+税

ブラックレーベル

ケータイ小説文庫　2017年5月発売

『狼彼氏×天然彼女（仮）』ばにぃ・著

可愛いのに天然な実紅は、全寮制の高校に入学し、美少女しか入れない「レディクラ」候補に選ばれる。しかも王子様系イケメンの舞と同じクラスで、寮は隣の部屋だった!! 舞は実紅の前でだけ狼キャラになり、実紅に迫ってきて!? 累計20万部突破の大人気作の新装版、限定エピソードも収録!!
ISBN978-4-8137-0255-9
予価:本体 500 円＋税

ピンクレーベル

『俺にしとけよ。（仮）』まは.・著

高校生の伊都は、遊び人で幼なじみの京に片思い中。ある日、京と女子がイチャついているのを見た伊都は涙ぐんでしまう。しかも、その様子を同じクラスの入谷に目撃され、突然のキス。強引な入谷を意識しはじめる伊都だけど…。2人の男子の間で揺れる主人公を描いた、切なくて甘いラブストーリー！
ISBN978-4-8137-0256-6
予価:本体 500 円＋税

ピンクレーベル

『この涙が枯れるまで』ゆき・著

高校の入学式の日に出会った優と百合。互いに一目惚れをした2人は付き合いはじめるが、元カレの存在がちらつき百合に対し、優は不信感をぬぐえず別れてしまう。百合を忘れようと、同じクラスのナナと付き合いはじめる優。だけど、優も百合もお互いを忘れることができなくて…。
ISBN978-4-8137-0258-0
予価:本体 500 円＋税

ブルーレーベル

『星の涙』みのり from 三月のパンタシア・著

友達となじめない高校生の理緒。明るくて可愛い親友のえれなにコンプレックスを持っていた。体育祭をきっかけにクラスの人気者・颯太と仲良くなった理緒は、彼に惹かれていく。一方、えれなはある理由から理緒のことが気になっていた。そんな時、えれなが颯太を好きだと知った理緒は…。
ISBN978-4-8137-0259-7
予価:本体 500 円＋税

ブルーレーベル

書店店頭にご希望の本がない場合は、
書店にてご注文いただけます。